それ行け ちよさん 96歳!!

おとぼけちよさん どこ行くの

ちよ女

たま出版

輝く李《すもも》

お庭の李《すもも》

ハート型の李《すもも》

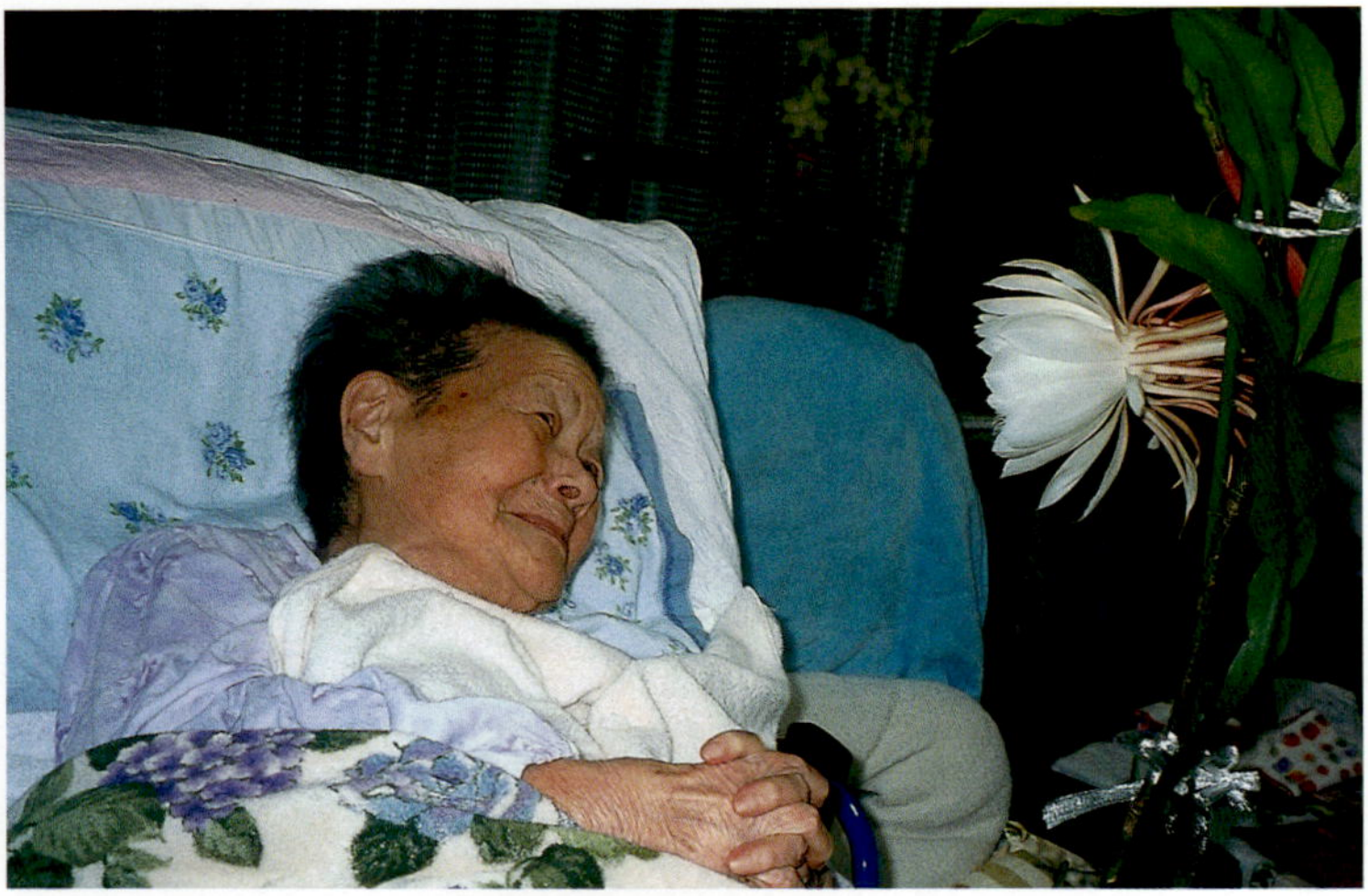

月下美人と語る

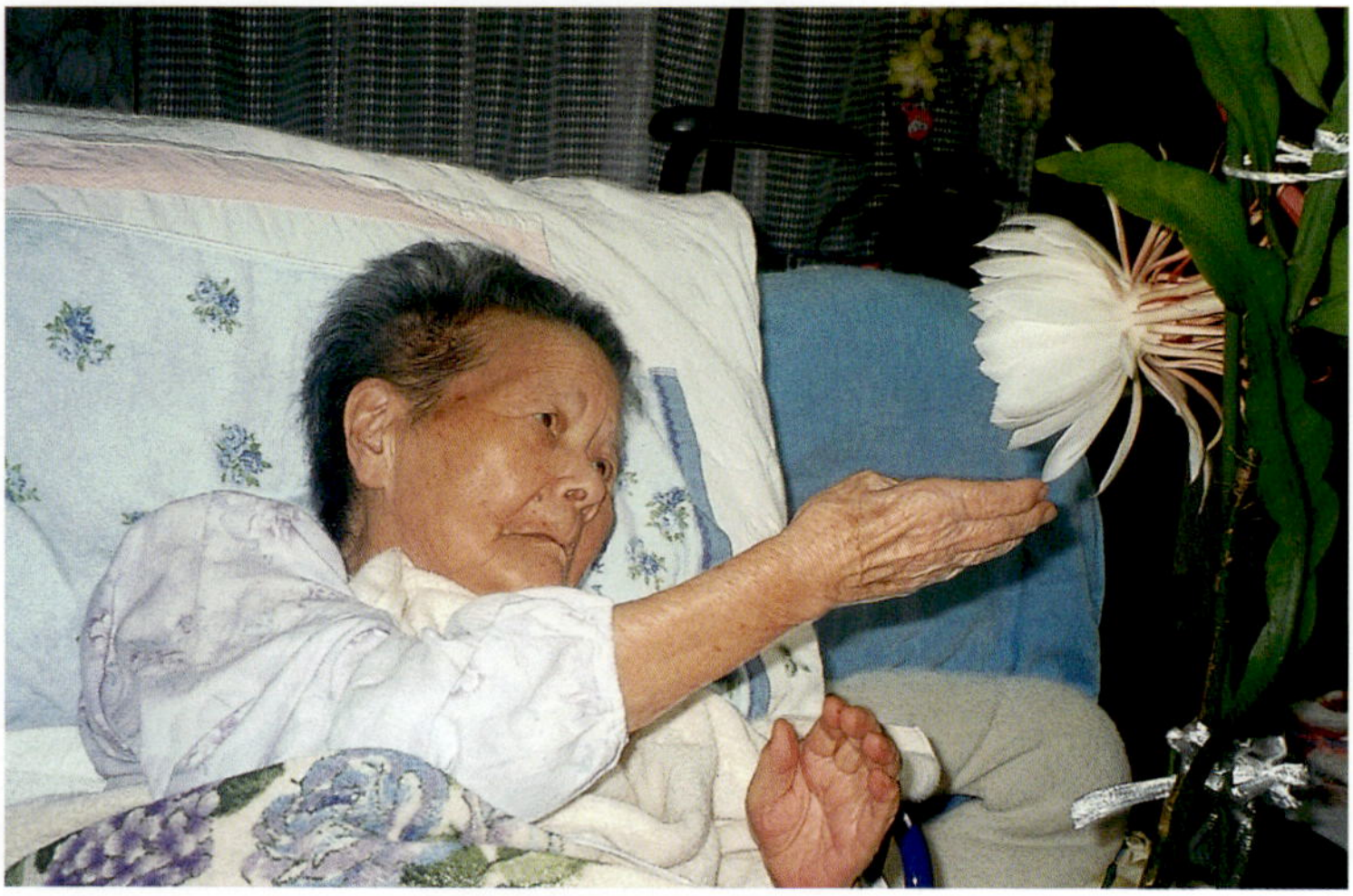

午前３時まで咲き続ける

お花と共に

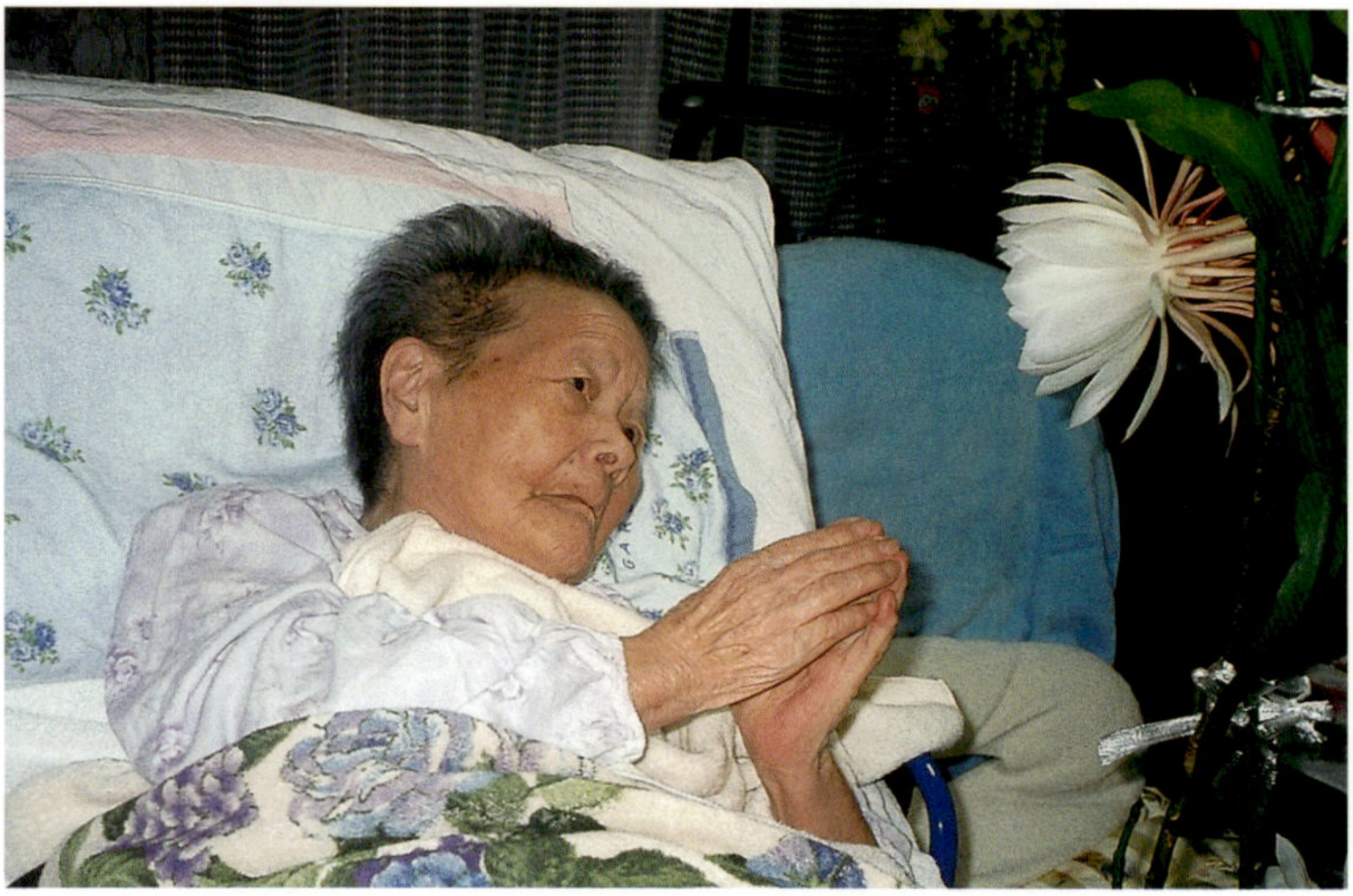

月下美人咲く（2006 年 7 月）

お庭で思索《しさく》

お日さまと

レモンの収穫

この家の三毛ネコ（96 歳）

ちょっとひと休み

レモンとネーブル

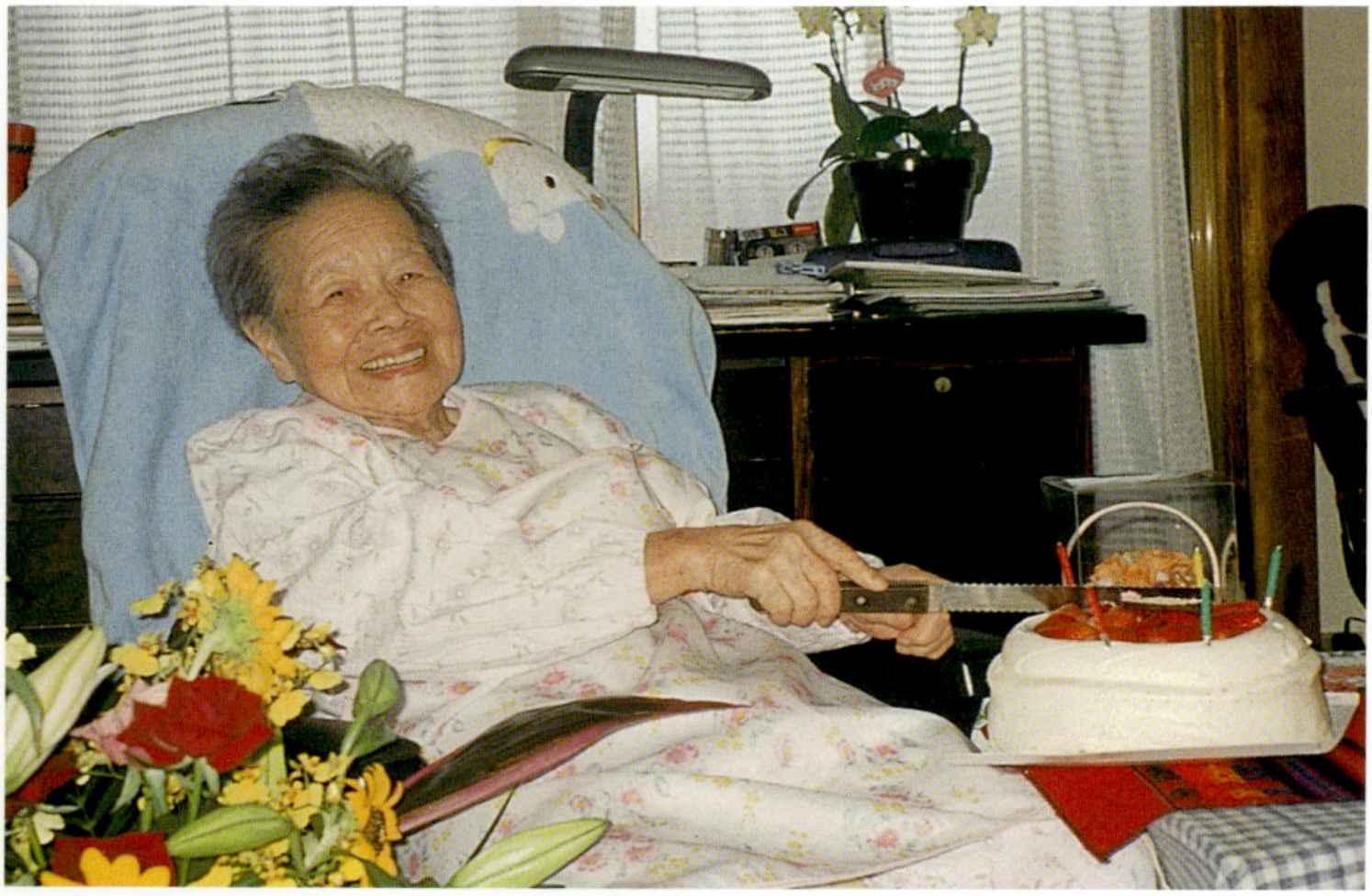

2007年8月10日

97 歳になりました

必志《ひっし》です

4 作目　執筆中

脳天気《のうてんき》（快晴）

脳天気（くもり）

古里《ふるさと》のおうち（現在）

週間ベストセラー・第1位　新宿紀伊国屋書店

一作目・二作目書店での平積み

はじめに

手や頬《ほお》を叩いてみれば痛いこと――。

まだお頭《つむ》はボケていないようです。

〈おとぼけちよさん　どこ行くの〉の題名通りになってしまわないうちにと、〈必志《ひっし》〉で書きました。

二〇〇七年のお正月が明けてから、お迎えがいつ来てもよい、そういう日々を過ごしている中での見聞です。

この婆《ババ》に、まだ御用《ごよう》があったのか、こうして、『それ行けちよさん96歳!!』四作目を準備できましたことを、嬉《うれ》しく、なお且《か》つ不思議に思っています。

それは、人間本来の精神力とでも申しましょうか——。
〈心〉の在《あ》りよう一つで、今があるという実体現でもあるからです。

こうして生命《いのち》を与え、この婆《ババ》を導き、見守り、共にある〈偉大な力〉に、皆様もお気付きいただければ、嬉《うれ》しゅうございます。

二〇〇八年　如月
ちよ女

日輪の輝きにわの
めでたさや雪と船先の遊ぶ

ちよ女の短冊

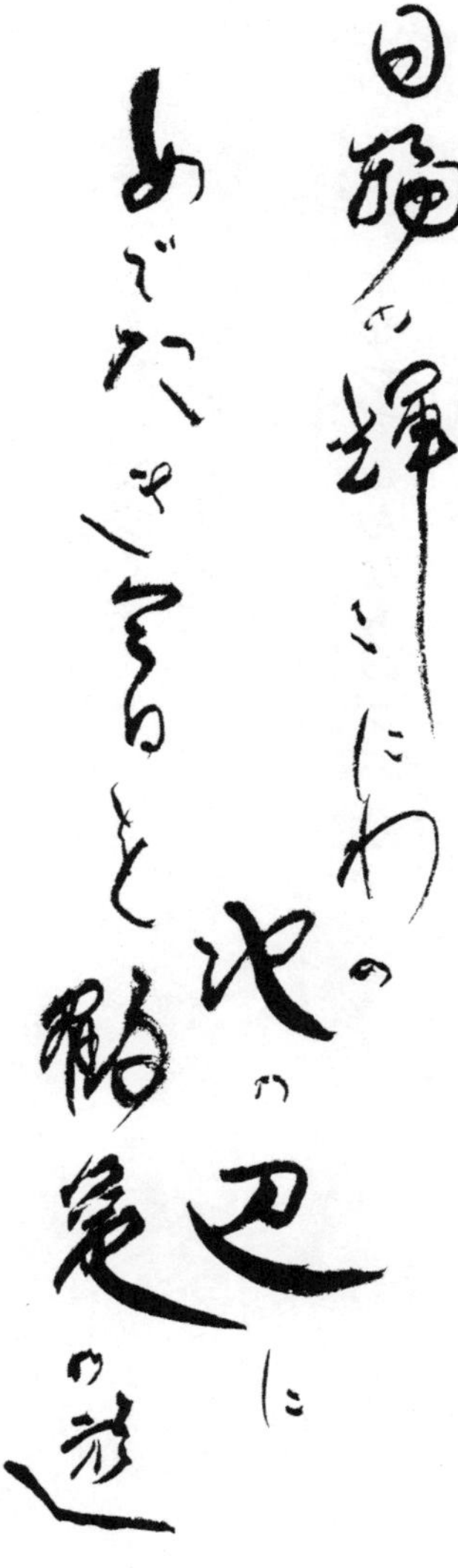

目次

〈四〉

〈一〉

百年に一度咲く花

私は、ただ嬉《うれ》しゅうございました。嬉《うれ》しくって、さっきまで死の世界に足を踏み入れていたことすら、遠い遠い忘却《ぼうきゃく》の彼方《かなた》でございました。

なんと申し上げたらよろしゅうございましょうか。着物の裾《すそ》を絡《から》げて、エッコラホイサ、エッコラホイサで踊《おど》りゃんせの心地《ここち》でございました。

『それ行けちよさん93歳!!　粗大ゴミからの脱出』に続いて、二作目の『それ行けちよさん94歳!!　私が小《ち》っちゃいだけなのよ』が、大型書店に並んだからです。売れ行きなぞ、全く考えてもいませんでした。部数は存じ上げませんが、新宿の紀伊國屋書店では、週間ベストテン入りし、ウインドウの中の棚に展示されているとのことでした。続々と、お知らせをくださるお方々の心遣いをいただきました。

展示された本のお写真。

平積みされた本のお写真。

横浜の紀伊國屋書店にも、店内でのキノビジョンによる放映のお写真等々。全く予想もしていない反響に、私は、遠くのできごとを見ているようでした。

自分が書いた本が展示され、並べられているお写真を眺《なが》めることは、嬉《うれ》しさを通り越し、涙腺《るいせん》のコントロールが利かなくなってしまいました。初版は数日で、八重洲ブックセンターも、神田の有名書店も、数日で、売切れとなったようです。

残念なことに、週間ベストテン入りした翌々週には、新宿紀伊國屋書店で品切れとなってしまいました。その為に、増刷《ぞうさつ》ができ上がるのを待たねばならない事態となり、多くの方々にご迷惑《めいわく》をおかけしてしまいました。

横浜駅西口の地下街にある有隣堂では、発売された週よりずっと、ずっと、週間ベスト5の上位を保《たも》っているようでした。知人が必ず写真を添《そ》えて、週が変わるたびに、持参してくださるのです。

その度《たび》に、私は涙で霞《かす》む目をしょぼつかせながら、嬉《うれ》しくって、嬉《うれ》しくって、夢のような日々を過ごしておりました。

こういう状況の時には、普段《ふだん》と違って、身心《しんしん》ともに快調なのです。少し歩くのにも息切れしていたのですが、中から力が湧《わ》いてくるのです。されど、肉体の衰《おとろ》えは、日々、刻々《こくこく》と進んでおりました。老いを止めることはもはやできないと、諦観《ていかん》の中に自らを閉じ込める日々でした。

部屋の中での移動以外は、椅子《いす》から立ち上がることも、自分で動くことすらも、億劫《おっくう》になってしまうのです。

一度早朝に起床するのですが、またすぐに、寝てしまうことが度重《たび》なりました。日が高くなってから起きると、今日が何日なのか、何時なのか、昼夜《ちゅうや》も判らなくなるのです。

私に見せようと、嬉《うれ》しい知らせをもたらしてくださるのですが、それが何のことか、咄嗟《とっさ》には判らないことが多々出てまいりました。

「ずっと、東京の紀伊國屋で、ベストテンに入ってますよ」

増刷《ぞうさつ》後の情報も何回お聴きしているか判りません。それなのに、私の頭の中には、

沖の暗いのに　白帆《しらほ》が見える
あれは　紀伊國　みかん舟《ぶね》

のうたが、どこでいつ覚えたのか、ついつい遠い昔から蘇《よみがえ》って、出てきてしまうのでした。

（紀伊國屋って、あの和歌山のみかん舟《ぶね》の御大尽《おだいじん》のことかい）

咽喉《のど》もとまで出かかった声を、引っ込めるのが精一杯でした。

（違う、違う、紀伊國屋文左衛門《ぶんざえもん》が、今頃出てくるわけないわいさ――）

東京の新宿にある、有名な大型書店のことであると、再認識できました。

「今週はね、ほら、朝青龍《あさしょうりゅう》さんの御本《ごほん》が○番で、ちよさんが、六位に入ってますよ」

ベストテン入りのランク表を、見せて下さるのでした。

（何で朝青龍《あさしょうりゅう》より、私が小《ち》っちゃいのに、勝てたんだろう）

相撲《すもう》の番付《ばんづけ》表を見ているようで、どうして、こんなに小さいちいちゃんが、横綱《よこづな》に勝てたのかと、納得できず思考を巡《めぐ》らすのでした。

頭の回線経路《かいせんけいろ》が作動しづらくなって、正常にならないものかと、自分でも歯がゆいのでした。

毎日発売される新しい本の数は、それはそれは、膨大《ぼうだい》なことと思います。そういう過当《かとう》競争の中で、一週間の本の売れ行きの集計がなされるようでした。私には、全く何も判らないことばかりですが、皆さんが情報をもたらしてくださるので、座っていても知ることができるのでした。勿論《もちろん》、お聞きしても、次の瞬間は、忘れてしまうのでした。

全く新しい流れの中に、今、身を置いていることを、不思議に思います。本当にありがたいことだと、すぐ目が潤《うる》んでしまいます。嬉《うれ》しかったら笑いなさいと、いつも家人から注意を受けているのですが……。

私が嫁《か》してから過ごした第二の古里《ふるさと》、倉敷市の知人からも、お便《たよ》りをいただきました。思わぬ二冊の本の出版の成り行きに、私は、ただ感激するばかりでした。

小学生の幼《おさな》いお方からのお便りに感動し、賢《かしこ》さに驚かされたりしました。著名なお方々からの、長寿をあやかりたいとのお言葉に、私も活力を与えられて、元気が湧《わ》いてまいります。

（こうしてはおれない。少しずつでも書き記《しる》して原稿を埋めねば）

――と。

身心《しんしん》の衰《おとろ》え行く力を鼓舞《こぶ》し、机に向かうのでした。

窓辺にあるお机は大きくて、何でも載《の》っけておけます。この机を使う私は、小学生が大人用を使いこなそうと、しがみ付いているという感じだと思います。

それでも、このお机に向かうと、気持ちが引き締まり、〈うた〉が、必ず出てまいります。

歩を止めてやさしい枝にささえられ
くの字の身体《からだ》おもむろにのす

にこやかな笑《えみ》をうかべて今日《こんにち》は
私もついににっこりとして

葱《ねぎ》と酒一本さげてお正月
やっとこせ婆《ばば》の足どり乱《みだ》れ舞《まい》

節分や豆《まめ》と生まれてうれしいよ

止《と》められて婆《ばば》の頭《おつむ》は狂《くる》い咲き

上の句を作り、下の句をいろいろと思索《しさく》するうちに、私はすっかり目覚めます。

右脳や左脳が、不協和音《ふきょうわおん》で軋《きし》んでいたことが嘘《うそ》のように、しっかりと調和がとれてまいりました。

ペンを走らせながら、思い出したことを、原稿に一字一字、埋めてまいります。

大正時代の幼《おさな》い頃のことが、蘇《よみがえ》ってまいります。

起きている時は、こうして机に向かい、疲れたら、テレビで少し、世間との繋《つな》がりを持ちます。お食事を楽しく過ごしながら、家人から新しい時代の流れを汲《く》み取り、見聞を広げます。特に、この家にやって来られるお方からは、たくさんの刺激《しげき》を受け、瞠《どう》目《もく》すること暫《しば》しです。寒いので、外出することも全くなくて、お庭へ出ることすら、とんとご無沙汰《ぶさた》でした。

ベランダを色彩《いろど》る山茶花《さざんか》や、アザレアの花鉢《はなばち》に、ひと息つく思いで慰《なぐさ》められます。

そこに、いつも居たはずの外ねこ、ねこ達の姿は、見かけなくなってしまいました。ねこ達の在りし日を思い起こすたびに、何故《なぜ》か、身体《からだ》の中を風が吹き抜けて行くような、寂寥感《せきりょうかん》を覚えるのでした。私の生きてきたここまでの人生の道のりは、すべてが必要があって、目の前に与えられていたことも、鮮明に理解できるのです。

それをあるがままに受け止め、学び、体験として、前へ進めばよかったのです。悪い癖《くせ》で、判ってもつい感情をあれこれと出す為に、また元《もと》の木阿弥《もくあみ》となって、振り出しに戻ってしまうのでした。

（過去を振り返ってはならない。前だけ見て、明るい方へと進むのだ）

自《みずか》らを鼓舞《こぶ》し、この一瞬という、今を、こよなく愛《いと》おしく大切に思うのでした。

外の様子が春めいて、すっかり暖かく周りが変わるまで、毎日を忙しく、それでいて、ゆったりとした心で過ごしておりました。

そんなある日、来宅された知人から、百年に一度だけ咲く、プヤ・ライモンディという、珍しい花についてのお話を伺《うかが》いました。

ペルーの首都リマから海岸線を移動し、標高《ひょうこう》四千メートルのアンデス山脈の荒地に、百年という生長期間と、長寿命を持つ草が現存することを知りました。お写真で見ると、松葉を放射状に広げたような、高さ四メートル程《ほど》の、丸い青い、針状に見えるイガグリに似た中から、にょっきりと青空へ向かって、巨大な花穂《かすい》が円錐形《えんすいけい》に伸びていました。その花形は、つくしのように、私には見えます。

乾燥地《かんそうち》に芽生《めば》えてから、百年かけて、高さ一〇メートルにもなる花柱《はなばしら》を立てる草本《そうほん》は、一本の花茎《かけい》に一万個の白い花を咲かせ、五〇万近くの種を次世代に残し、枯れ行くとのことです。

九十九年間も、光合成によって力《ちから》を蓄《たくわ》え続けて、最後の百年目の秋頃に、一挙《いっきょ》にその力を使い切るのです。巨大な一〇メートルもの花茎を伸ばす為に、大量の糖類《とうるい》をその茎の中に貯《た》め続けることが、最近の調査で判ったとのことでした。

粗大ゴミから脱出した私は、誕生日がくれば、齢《よわい》九十七歳、数え年で九十八歳となります。

あと数年で、この植物と同じ百年目に、届くことになるでしょうか……。

今こうして、見たことも、聞いたこともない、私にとって未知な草本《そうほん》を知るに至ったことは、大きな感動でした。

何か、胸の奥から、言い知れない熱い思いが、ひたひたと心地よい波動となって、身心《しんしん》の隅々《すみずみ》まで伝わってまいりました。

その後に余韻《よいん》として残ったのは、一種の哀《かな》しさでした。雨や雪に耐え、花を咲かせるまで百年の歳月《さいげつ》。

側近《そば》くには、氷河もあるというアンデス山脈。その荒れ果てた栄養のない乾燥地で、風に曝《さら》されながら、如何《いか》にして耐え忍んできたことか——。

どんなに苛酷《かこく》な環境の中で、生存し続けて来たかを思うと、自然と涙がこぼれます。太陽の恵みを受け、ひたすら自力で生きてきた、その生命力が、私にまで、鼓動《こどう》のように伝わってくるのです。

美しい白い花を一万個も咲かせる、その日まで、幾多《いくた》の試練《しれん》を越え、戦いの日々を送ってきたことか、思いをめぐらすのでした。

私は長く生きてきましたが、目先のできごとの処理に追われ、一日をあくせくと過ごしてまいりました。

時代は移り変わっても、生きるということは、生きとし生けるものにとって、何らかの苦労が伴《とも》ないます。その苦労を〈苦〉とせず、あるがままを体験として、素直に学びとして受け止めれば、明日への楽しみが湧《わ》いてくるのでした。
ともすれば挫《くじ》け、判っていてもできないが為に、思い、悩み、苦しみ、もがき、キリキリ舞いして、考えあぐねて立ち止まってしまうこともありました。

我がからだ力の限り願ふけど
それもかなわぬこの頃になり
何《な》んだったしばしば忘れ耐えがたく
我が身を叱《しか》りふがいに涙《なみだ》

久々にやって来た曾孫《ひまご》達が、私の机の上にあった写真をさっそく見つけると、

「これ、プヤ・ライモンディのお花だ。なんでこの写真ここにあるの」

いとも無造作《むぞうさ》に、小学二年生の子供が言いました。

年の端《は》にも満たない、末っ子の三歳になる曾孫《ひまご》までが
「そうよ、そうよ」

指差して相槌《あいづち》を打つのです。

「ルピナス知ってる？　これによく似てるよ」

曾孫《ひまご》に言われても、私は何も判りません。

ルピナスは、五号鉢に植えられたミニサイズであっても、形がプヤ・ライモンディに似ていると、私に説明してくれるのでした。

私は、全く見当もつきませんでした。

孫娘が、曾孫《ひまご》の説明を補足しながら、

「ルピナスの紫の花は、昇り藤の別名があるぐらいだから、北米産だし、マメ科の植物で全く違うけれど、なんとなく似ているかも知れないね」

今度、ルピナスを見つけたら、持ってくると約束して帰って行きました。

二〇〇七年の新しい年の幕開けでした。

うた

正月や帰省《きせい》の子等の引き上げて
片づけは後《あと》やれねむたいよ

はるかなる面影《おもかげ》うすし夢路《ゆめじ》行く
変わらぬ笑姿《えみし》涙をさそふ

厳氷《げんひょう》の流れの中をにこやかに
ねぎらいの愛涙こぼるる
庭の木々己《おの》れを守り淋《さび》しくも
主《あるじ》の帰り夢と待ちいる

こんな芥等しい婆に様づけで
やさしい心嬉《うれ》し涙《なみだ》が
待望の本にきかんまんまんと
流れ行く水大海ならん

夜も昼も後遺症《こういしょう》なるこのからだ
天気いかんに衣服をえらぶ

花見にも行けぬこの身はペンを持つ
やさし若葉の誘《さそ》いもうれし

みなさまの熱き心に支えられ
心機一転机の前に

焼きくれし古里《ふるさと》よりの豆餅を
涙をつけて父母を偲《しの》びぬ

何ものにまさる尊《とうと》しふかき愛
暖冬《だんとう》はたすかるけれど怖《こわ》い気が

強がりと言っては見てもちと心配

良い友《とも》にめぐまれていて気がつかれ

待望《たいぼう》に生命《いのち》捧げて徹夜《てつや》かな

時代かな小鳥がみかん食べに来る

如何《いか》にせん頼りし心夢と消え
善悪は私の心の中にいる

〈二〉

幸せってこんなもの

地底から響《ひび》くような、それでいてエコーを被《かぶ》せた声が、私に呼びかけていました。

その声の主《ぬし》が誰なのか、何を言っているのか、私には全く判らないのです。その声が聴き取れないことで、私は歯がゆい思いで、身も心も苦しみ悶《もだ》えていました。

すべての細胞《さいぼう》の一つひとつが、私の身体《からだ》の中でひしめき、〈アッチ向けホイ、コッチ向けホイ〉と、身勝手な行動を取っているのでした。

身体《からだ》の中をめぐる血脈は、流れることなく、静かに静かあに、停止へと動きを止めようとしていました。

「もう殺して!!」

私は全身の、干乾《ひから》びた枯《か》れ行く身体《からだ》の中に残った、唯一の心の窓から、暗くなって行く、己《おの》れの朽《く》ち果てる姿を、内側より見つめていました。

こだまするようなその声は、間断《かんだん》なく、ずっとずっと、私の耳底に響いているのでした。

（私は天地神明《てんちしんめい》に誓《ちか》って、他人に後ろ指《ゆび》を指《さ》されるような生き様《ざま》はして来てオラン！

文句《もんく》あるなら、この場であげつらって見よ！）

消え行く意識の中で、一世一代の啖呵《たんか》を切りました。

この上も　苦しき中の　来《き》たれ来《こ》よ
神ともなりて　まなこひらかん

こんなうたが浮かびました。同時に頭の天辺《てっぺん》から足先に到るまで、温《ぬく》もりが伝わり、身心《しんしん》ともに安らかになりました。

静かな静かあな〈宙《ソラ》〉を、私はスーイ、スーイと、喜々《きき》として飛んで行きますと、広大な敷地の中に、点在する人影が見えました。

白い裾《すそ》の長い、長袖《ながそで》の洋服を着て、銘々《めいめい》が、働いている様子が見えてきました。

お寺か、お宮に似たような大きな建物が中央にあり、家屋が点《てん》在《ざい》していました。その屋内でも、多勢の人々が働いているのが見えました。

しばらく上空から見ておりました。これ以上近付きたくないのです。外目《そとめ》には、周りの景色も美しく、一見穏《おだ》やかで、皆も黙々《もくもく》と仕事に励《はげ》んでいるのです。

それなのに、どなたのお顔も、見れば見る程《ほど》全く明るさがないのです。無表情で、少しも笑っていません。そうかといって、暗く、いじけて、不幸そうにも見えませんでした。ただ黙々と働いているのです。人間進化にとって大きな障害となる、自由意思を阻害《そがい》する、命令、強制という枠の中にいることが、だんだんと見えて参りました。

(絶対、こんな所に入れられて、枠の中で縛《しば》られたくない。私は自由でいたい)

そういう思いが強く、私をこの場から前へ進ませないのでした。

急に、暖かい気配を近くで感じました。脇を見ると、なんと、あのチビ黒とトラが、私と同じように、下界の光景を覗《のぞ》いているのです。それも可愛《かわい》らしいお姿で――。

（トラ、チビ黒、元気だったのね）

声を掛けると、私の足元に、喜び勇《いさ》んで駆《か》け寄って来ました。

今日は、ねこの頭を撫《な》で撫《な》でしても逃げません。

それどころか、目を細めて、嬉《うれ》しそうに大人しくしているのです。

いつもお庭で顔を合わせると、警戒心《けいかいしん》丸出しで逃げ出していた二頭が、全く何の捉《とら》われもなく、私と仲良くできることは驚きでした。（三巻、それ行けちよさん95歳!!参照）

〈こんな所にいたら、捕《つか》まるよ。ちよさん、早くお家へ帰ろう〉

「ありがとう。元気だったんだね。ここはやはり、良い所ではなかったのね」

〈良い悪いでなく、地上でどれだけ人間として学んだかによって、自分で行先《いきさき》を決めるんだよ、ここは自立心《じりつしん》を学ぶ所だから、ちよさんの来る所じゃないけれど〉

すぐには理解できませんでしたが、人間もこのねこ達も同じく、肉体が滅《ほろ》びても生き続けることだけは、こうして見せて頂けたので判りました。

「大丈夫でしょう」

耳元で、男の人の声がしました。

薄目を開けると、娘の目がありました。

脱水症状《だっすいしょうじょう》にならないように、綿棒《めんぼう》のようなものに水をつけ、乾《かわ》いた口にあてて、少しでも私に、水分を飲ませようとしている様子が窺《うかが》えました。

呼吸は、少し楽になっておりました。

「先生はね、入院するならお手配してくださるそうです。ちよさん　どうなさいますか。それともここで、先生に往診していただくようになさいますか」

日頃から、入院するなら、私は死んでしまいたい、と申しておりました。娘は私の自由意思を、最後まで尊重してくれました。

私の身体《からだ》は入院しても、手のほどこしようがないことを承知の上でのことでした。

点滴するにしても、今の私の干乾《ひから》びた枯枝《かれえだ》のような血管には、幼児用の細針《ほそばり》であっても、差し込む所が見つからないのでした。

病院へ入院すれば、まず、右肩あたりに大きな穴を一カ所空《あ》けて、そこから点滴なり栄養を補給されるであろうことを、私も娘も、知っていたのです。

娘も主治医も、その先が見えているだけに、どうするかは、本人の私次第でした。

「ご迷惑《めいわく》掛けるけど、暫《しばら》くの間、ここへこうして置いてちょうだい」

娘は、黙って頷《うなず》きました。

その日から、周りの様子が変わりました。

今迄《まで》のベッドではない、電動ベッドを購入し、床《とこ》ずれを防ぐ為に、エアーマットも敷いてくれました。

主治医の先生は、看護師《かんごし》さんと来宅され、赤ちゃん用の細針《ほそばり》を、わざわざ医院へ取りに戻られました。

身体《からだ》中、点滴する場所を探し、やっと一カ所だけ、右足の甲《こう》になんとか、細い針を差し込む場所を見つけて下さいました。

先生は、三日間毎日、看護師と共に来宅して下さり、点滴の補充液を取り替え、見守って下さいました。こうして私は、やっと地上に留《とど》まることができました。

この三日間、娘も、家人も、そして知人も交代で、私の右足首を動かさないよう、両手で、針が抜けないようにそっとそっと持ち、寝ずの番で守り続けてくれたのです。

このような病状で入院すると、動かないように体を紐《ひも》で固定します。私も側近くで何度も見聞しておりました。両手や両足の括《くく》られた後の皮膚《ひふ》が、紫色に変わっているのを、この目で見て知っておりました。

水も受け付けず、あっと言う間もなく、急に枯枝《かれえだ》になってしまった血脈を生き返らせようと、大きな大きな皆様方の愛によって、私は死の淵《ふち》から蘇生《そせい》したのです。

二〇〇七年　一月半ばのことでした。

痩《や》せ細った、より軽くなった身体《からだ》を、電動ベッドで起こそうと、娘がボタンを操作《そうさ》すると、私が小さ過ぎて、背もたれに身体《からだ》の方が添《そ》えないのです。

娘も私も思わず笑顔で、身体《からだ》の位置を上へ上へと引っ張り上げるのに、一人ではどうにもならない様子で、家人と二人がかりで位置を変えてくれました。

「重くてすいません」

私が申しますと、笑って、何も申しませんでした。

四〇キロにも満たない、私の軽い体重を思い出しました。自分では軽いと思っているのですが、ベッドから私を椅子に降ろすのにも、娘はかなり手こずっておりました。

シーツの上に、大きなバスタオルを一枚敷いて、そのタオルを引っ張れば、容易に私の身体《からだ》を動かすことができることが判りました。私の急変に、駆《か》けつけて来てくれた次女が、指南してくれたのです。

次女は、両目の手術後、甲状腺の病が悪化して、一時は不安定な状態でしたが、元気そうな再起した姿を見て、私は安堵《あんど》致しました。

今度こそは、もう（だめだ）と思い、来てくれたのでした。

私は九死に一生を得ましたが、意識が朦朧《もうろう》となっている時に、

「この婆《ババ》に、まだ御用《ごよう》が、ござるかな」

と、姿なき声の主に問うた時、

〈まだすることが残っている〉

明確に返ってきたお言葉を、意識が戻ってから、反芻《はんすう》しておりました。

（私がしなければならないこと）

それは〈何か〉を考えるのでした。

ベッドから移動し、椅子《いす》に座らせて頂くと、お湯で両足を丁寧《ていねい》に洗ってくれます。熱いタオルで両足を包み込みながら、オイルで膝下《ひざした》から上へ上へとマッサージし、血行を促《うなが》してくれるのでした。随分《ずいぶん》と気分が良くなってきて、少しは喉《のど》の通りが良くなるのでした。


それにしても、一月なのに、利尿剤を兼ねた、〈スイカ〉には畏《おそ》れ入りました。毎日、枯木を潤《うるお》す為に、スイカのお汁を飲みました。

往診に来て下さる先生と、週三回交代で見えるようになったお二人の看護師さん達、家人、知人、皆さんに、ご迷惑《めいわく》をお掛けすることになりました。

今の介護制度は全く判らないと、家人も困り果て、それでも介護の申請をしました。認定されないと、医師の往診が難しいようでした。自宅介護ですと、結果としては、介護の補助は医療のみで、それなら介護制度でなく、健康保険で済むことではないかと思いますが……。ほとんどが、一カ月に一回、事務的な書類に名前と捺印《なついん》するだけのようでした。意識が戻ってから説明されても、私も介護制度は判りません。

病院に私が入院していたら、今頃はどうなっていたかと思います。この家に、この部屋に居ることが、どんなに幸せなことかと嬉《うれ》しくなります。

「すまないねえ、ありがとうございます」

感謝以外、何もありませんでした。

上を見ればきりがなく、下を見てもきりがありません。私は今、目の前にある事柄《ことがら》一つひとつ、良しにつけ悪しきにつけ、処理して、前へ進むだけでした。

私は、耳が聞こえない時でも物音には敏感《びんかん》でした。こうして、頭だけはしっかりとまだ作動していますと、〈ざわつく〉ような、不快な、今迄《まで》感じたことのない、この家の静けさを妨《さまた》げる破壊《はかい》的な気配を感じるのでした。

お隣の古家が壊《こわ》され、高低のある土地を平坦にならして、広くする為の基礎工事《きそこうじ》が、暮れから始まっていたのです。長いコンクリートの柱の杭打《くいう》ち工事は、朝から夕方まで、クレーン車を持ち込み、一日中続いていることを知らされました。

〈このお隣の工事は、来年の二〇〇八年三月まで続くそうです〉

家人に説明されましたが、

（来年三月まで、私は生きておれるだろうか）

ふっとそういう思いが過《よ》ぎりました。

今ここに、こうして在る

〈今という瞬間〉を

〈うれしい うれしい〉と

心からそう思うと、私の身心《しんしん》も明るさを増し、喜びも共に増すのでした。

満身創痍《まんしんそうい》の私は、今こうして生かされています。肉体は風前《ふうぜん》の灯《ともしび》ですが、何ひとつ憂《うれ》いも、捉《とら》われもないのでした。

このような幸せな心になれた時、いつ頃のことか定かに覚えておりませんが、入院中に出逢ったお方を思い出すのでした。微《かす》かな歌声が聞こえておりました。

あした浜辺を　さまよえば
昔のことぞ　偲《しの》ばるる
風の音よ　雲のさまよ
寄する波も　貝の色も

私の大好きな懐《なつ》かしい歌でした。思わず小さな声で口ずさみました。

林古渓作詞・成田為三作曲の〈浜辺の歌〉でした。共に歌うことで、何か暖かいものが通じ合えたように思いました。

そのお方は、ベッドに座っておられました。

「何のご本をお読みなのですか」

カビが生えたような、紺色《こんいろ》の分厚い本を開いて、指先で赤茶けた紙面の活字をまさぐりながら、〈浜辺の歌〉を歌っていたお方にお伺《うかが》いしてみました。

「戦後もう何十年経ったかしら。この繁栄《はんえい》全て、戦死していった多くの屍《しかばね》の上に築かれたのですよね」

訥々《とつとつ》と語られるそのお言葉に、自分の体験を重ねておりました。夫を戦地へ送り出し、老いた舅《しゅうと》と店を守りながら四人の娘を育て、今日一日の食べ物にも事欠《ことか》き、呻吟《しんぎん》した、苦い日々が蘇《よみがえ》っていました。

「こうしてね。お国の為に散っていったお名前を挙《あ》げて、感謝を捧げているのです」

本のページをよく見ると、ずらりと名前が並んでいました。

お話によると、このお方は、二十三歳の時に、銀行員であったご主人と結婚され、まもなく満州に配属が決まり、共に大連《だいれん》に行かれたとのことです。

ご主人はロシア兵によって連行《れんこう》され、死亡。乳飲み子は栄養失調で、三カ月の幼《おさな》さで腕の中で冷たくなり、二歳の長女を連れて生命辛々《いのちからがら》帰国されたという体験をなさっておられるのでした。

色褪《いろあ》せた布張りの背表紙は、微《かす》かな金文字の名残《なごり》を残しておりました。

見たこともないご本でしたので、見せて頂きました。

〈合村記念　〇〇郡誌〉

とだけ読み取れました。

奥付を見ると、昭和三十三年三月一日発行。七百ページを超えるご本の巻末には、おびただしい肩書きと人名が記《しる》されていました。

戦死者

西南の役　歩一等卒　お名前

日清戦争　歩一軍曹　お名前
北清事変　歩二等兵　お名前
日露戦争　歩一等卒　お名前
　　　　　歩二等卒　お名前
　　　　　歩軍曹　お名前
　　　　　歩伍長　お名前
　　　　　武功　お名前
　　　　　一等卒　お名前

肩書きとその下のお名前は、それはもう、連面《れんめん》と続いていて、数え切れないのです。

支那《しな》事変と太平洋戦争

歩上等兵、海一水、輜上等兵、歩伍長、

砲上等兵、歩兵長、飛上等兵、海一曹、

海軍上水、歩中尉、海軍核、海飛大尉

書くときりがない程《ほど》の各所属階級名が、もっともっと続き、その下に、覚え切れない数のお名前が共に掲載《けいさい》されておりました。勝田郡近郷の名簿ではないかと思いました。

私の主人と兄達も、召集《しょうしゅう》され、兵役《へいえき》に服《ふく》しましたが、幸《さいわ》いなことに、皆、無事に帰還しました。それでも私は、戦時下のことは避《さ》けて、直視したくないのでした。それは、日本の暗黒時代を思い出したくないからです。私自身、そこから目を逸《そ》らし、逃げて、避《さ》けて参りました。戦後の、物質主流の甘ちゃん世界を迎合《げいごう》し、付和雷同《ふわらいどう》の一人であったことを、突きつけられた日となりました。

岡山県北の一群落《ぐんらく》で、それだけの戦没者《せんぼつしゃ》が、お名前を公表されているのですから、日本全国あわせると、どれ程《ほど》の戦死者がおられたことでしょう。

「こうした過去を振り返り、反省するのでなく、この方々の犠牲《ぎせい》の上に今の繁栄《はんえい》があることを感謝して、このお一人お一人のことを、いつまでも忘れないことですよね」

小学校の教師をされていたというそのお方は、淡々《たんたん》とお話しくださいました。

澄み切った心で、微塵《みじん》の感情を差し挟《はさ》む余地もない程《ほど》、人生を

見据《みす》えた、一つの達観《たっかん》の境地からのお言葉に、私は、

（上には上があるものだ。こんな立派なお考えをお持ちで――）

涙の方が先になって、感情が先行してしまいました。

このお方との出逢《であい》は、私にとって、新しい視点を頂くきっかけとなりました。

視野を広く、物事《ものごと》を、深く掘り下げ、目先の見えることだけでなく、見えない事も、洞察《どうさつ》するようになりました。

苦しい時、辛い時には、必ずこのお方の言葉を思い出し、自らを鼓舞《こぶ》して参りました。

〈戦後六十余年〉――と、簡単におっしゃいます。
それは、各個人の戦後の処理と、人間としての生き様、そして、物質的にも精神的にも、歴史の流れの大転換期だったと思います。

無我夢中《むがむちゅう》でここまで来れましたが、人生の黄昏《たそがれ》を迎え、子供も育ち過ぎて、もうババア三人なのに、私が今更母親でもないのでした。

（私も、本当に母親卒業だ）

そう思うと、不思議な程《ほど》、心は晴れやかに澄み切りました。

ゆうべ浜辺を　もとおれば
昔の人ぞ　偲《しの》ばるる
寄する波よ　返す波よ
月の色も　星の影も

静かな静かな浜辺を、歌いながら行きました。いつの間にか、心臓麻痺《しんぞうまひ》で先に他界している三女が、祖父ゆずりの美声で唱和《しょうわ》しておりました。

「お母さん、苦労したね。でも、無駄なことが一つもないことが、こちらに来たら今に判るから」

久しぶりに顔を見せてくれた、三女の言葉でした。

「ちよさん、お目覚めですか」

うつらうつら、夢うつつの中にいた私は、

『それ行け　ちよさん95歳!!

　そこ行く婆《ばあ》や、待ったしゃれ』

のご本を目の前にかざされ、一変《いっぺん》に目が覚めました。三作目のご本ができあがったのです。

夢かとばかり、

「起こして、起こして下さい」

家人に、ベッドを半分起こして頂き、ご本を手に、押し頂きました。

〈ちよさんは、今日も元気です〉

帯封《おびふう》の白抜きの《元気》が、飛び込んできました。

（こうしてはおれない、おとぼけちよさんどこ行くの、の四作目を準備しなければ――）

しゃきっとした心で、私は原稿用紙に向かう気力を取り戻したのでした。

うた

森からの不足をいふはなけれども
樹をながむればなぜか侘《わび》しい
萬《ばん》物《ぶつ》の霊長なる人間も
時に応じて弱きものなり

喜びのしぐさも悪と見なされて
消え行く心水と流るる

山あいの刈《かり》田の中にぼんやりと
たれを待つやら今日もかかしが

節分や馬鹿にならない豆あられ

おそろしや心理に負けて鬼になる

湯上《ゆあが》りの肌にうれしい浴衣《ゆかた》かな
この天気早くいそげよ甲子園

めざしの目父の愛情にこやかに
待てないでお昼庭での花火かな

〈三〉

まだ、御用《ごよう》がござるかな

久々にベランダにねこの姿を見て、胸躍《おど》る思いで目を凝《こ》らしました。以前見かけていたねこよりもひと回り大きい、尾の長い、黒い色艶《つや》の良いねこでした。ようく見ると、口の周りと足先が白く、まるで白足袋《たび》を履《は》いているように見えます。時折《ときおり》庭で見かけた記憶《きおく》があります。

私と目が合うと、いきなり歯をむき、素早く姿を消しました。可愛《かわい》げのない仕草《しぐさ》に、驚かされました。

せっかくトラとチビ黒の元気な姿に再会し、ねこへの偏見《へんけん》がなくなっていたつもりでしたのに、またまた、敵意が芽を出し、角《つの》を出して、腹立たしい思いになるのでした。

ねこへの敵対心《てきたいしん》は、こんなベランダまで入り込んできたことへの不満となり、野良ねこにまでエサを与えたりする、この家の者が悪いのだと、批判《ひはん》が出てくる始末です。

だんだんと頭が重く、胸は苦しく、身体《からだ》の節々《ふしぶし》までが、ギシギシ、ミシミシと音立てて、枯木に変わろうとしているのがわかりました。

悪いことを考えると、どんどん暗い方へと引き込まれてしまいます。

明るく、楽しく、原稿ができあがることを喜び、前へ前へと、（四作目を書き上げねば）

良い方へ良い方へと、自分を切り換えて、やっと、元《もと》の自分を取り戻しました。

（ヤレ、ヤレ、怖《こわ》かった）

内心ひやりとしながら、人間の想念《そうねん》の怖《こわ》さを思い知りました。

思いを巡《めぐ》らす頭での思考を、良い方へ、明るい方へと、明日という日に期待を込めて、やっと正常に身心《しんしん》が治《おさ》まりました。正常と言っても、健康体のお方からすれば、私はやはり死に損《そこ》ないの、明日をも知れないババアでございます。

身体《からだ》はほとんど自由になりませんが、頭の回線経路《かいせんけいろ》は、まだ大丈夫のようでございます。

原稿用紙を膝《ひざ》に抱えるようにして、右手にボールペンを持ちます。ところが、今日は、〈うた〉が出てきません。

（出てこい、出てこい……）

と、願っておりましたら、何か私の頭の中を掻《か》き混ぜるような気忙《きぜわ》しさと、違和感を覚えました。

家人に尋《たず》ねたら、お隣の工事が、今度は半分段差をつけて低くする為に、朝の八時から日暮れまで、ブルドーザーのモーターが、家《うち》の玄関先で唸《うな》り通しであることが判りました。音は聴こえないのですが、私にとって、この耳奥《みみおく》で振動《しんどう》するような波動《はどう》の雑音は、悩みの種になってしまいました。それ以後、私の身心《しんしん》は晴れることなく、重苦しいものとなりました。

やっと今日という日を生き延び、延命している、ガラス細工のような私の身心《しんしん》は、少しの負担でも危険なことでした。

昼間、心静かに集中することが、どうしてもできなくなってしまったのです。そのことを皆さんに申し上げることもできず、黙《だま》っておりました。

そうこうしているうちに、私の身体《からだ》も一進一退で、頭もさえなく、ぼんやりと過《す》ごすこともできず、つらい昼間となってしまいました。

「ちよさん、筍《たけのこ》が来ましたよ」

家人が、長女からの贈り物を箱に入れて、見せにきました。

長女は、歯を総入れ歯にする為の治療が何年も続き、本体の身体《からだ》も相変らずとのことで、私はまだまだ、母親卒業をしようにもできないのです。

長女が幾つになったのかも定かではないのですが、七十五歳を超えても娘は娘、いつまでも、子供に対して親としての心配の種は尽きないものです。

母親といえば、懐かしい母の夢を、ここに来てから一度も見ていません。苦しい時、悲しい時、優しかった母の姿、その暖《ぬ》くもりある愛を忘れたことはないのにです。

私の母は、生まれた時が難産であったらしく、身体《からだ》が弱くて、十五歳位までお手伝いの方がついて何かと世話をし、守り育てられたそうです。縁あって父と結婚してからは、農家であっても、家付きの髪結《ゆ》いさんが適当な日に来られては、母の髪を結《ゆ》っておりました。何をさせても利口《りこう》な人だと言われた、優しい、たおやかな人柄《ひとがら》でした。

山が好きで、蕨《わらび》、筍《たけのこ》、虎杖《いたどり》、栗、茸《きのこ》、あけび等々、季節の香を欠かさず採ってきては、私達を喜ばせてくれました。

ひ弱かった母は、私が知っている限り、病気で寝込むことは一度もありませんでした。

大自然の中、美しい景色を何よりも愛《め》でていた母は、今流に言えば、森林浴《しんりんよく》によって、山の精気をいただき、健康そのものに変わったのだと思います。

山を愛し、雄大な自然の生気の中で、明るく天女の如《ごと》く、喜々《きき》としていました。

そんな母は、一人で山へ行った時に、不思議な体験をしております。

虎杖《いたどり》を探して、母がいつもの木のある場所へ行くと、木はすでに切られて、その株《かぶ》から新しい芽が伸びておりました。がっかりして、他を探そうと、来た道へ帰ろうとした時、何かの気配を感じ振り返ったのです。

その新しい木の根元《ねもと》へ、真白《まっしろ》な人の姿が立っておりました。

母は驚いて
(これはおかしい)

と思い、前方を向いて、急ぎ足で立ち去ろうとしました。その時、目の前の道がなくなってしまったのです。突然、水飛沫渦巻《しぶきうずま》く深い海が広がって、その前に母は立っていました。ここは山道が続いているはずだと、目を閉じて、そこに座り、（お助け下さい）と祈ったのです。

（私を誑《たぶら》かす悪戯《いたずら》ならば、私は何も悪いことはしていませんよ。さあ、道を開けなさい）

目を開けて前方を見れば、なんでこんな所へ自分が座っているのか、馬鹿《ばか》みたいなことでした。

いつも通りの山道に、座り込んでいたのです。

母はしばらく、夢でも見たような感じで、随分と身体《からだ》も重く疲れた様でした。

家に帰って、背負子《しょいこ》を見たら、自分が採った覚えのない虎杖《いたどり》が入っていたような気がする——と。

母の体験したお話は、すごく怖《こわ》かったのを覚えております。

「狐《きつね》の仕業《しわざ》だろう」

慌《あわ》てず、沈着《ちんちゃく》に行動できたことを、父は褒《ほ》めておりました。家族を思いやり、愛《いつく》しんでくれた母は、度胸《どきょう》の据《す》わった芯《しん》の強い面もありました。

この母の死に目に津山へ帰れなかったことが、今でも心残りと言えば、そうです。

その時私は臨月《りんげつ》で、津山へ帰ることができませんでした。主人が、長女と次女を連れて、私の代わりに行ってくれました。

母はどんなに私に逢《あ》いたかったであろうかと、この年になっても、その時の切《せつ》なさが思い浮かぶのです。

母親の子供に注ぐ愛は、純粋で、無私《むし》の愛です。どんなに貧乏していても、囲炉裏《いろり》を囲んで、楽しく、嬉《うれ》しく、限られたものを分かち合って生きた、〈家族〉の絆《きずな》を懐《なつ》かしく思うのです。

その、分かち合うという家族の一員としての掟《おきて》を、私と弟が破ったことがありました。

秋になると、家の周りに数本あった、渋《しぶ》い西条《さいじょう》柿の皮をむいて、倉の軒《のき》に干《ほ》してありました。誰もいないのをよいことに、三つ年下の弟と二人で、はしごを掛け、渋《しぶ》みの抜けた頃合《ころあい》の、あまりのおいしさに、嬉《うれ》しくなって食べておりました。縄目《なわめ》にへたを連《つら》ねて通している干《ほ》し柿の数が、だんだんと数少なくなり、母に見つかって、倉に閉じ込められたのです。

お腹をグウグウ鳴らしながら、泣き寝入りしていた弟を見て、薄暗い倉の小さい窓外に、干《ほ》し柿が見えることの、何と恨《うら》めしかったことか……。

夜になっても倉から出してもらえず泣いた日を、柿を見る度《たび》に必ず思い出すのです。

こういう時の母の強さ、厳《きび》しさは、母の祖母（曾《そう》祖母）譲《ゆず》りだったと、今頃になって納得がいきました。

津山の城北に、沼《ぬま》と言う所があり、小高い丘陵の上に、母の祖母の家がありました。

庭先に池があり、山から引いた水が、鯉《こい》の泳いでいる池へと流れ落ちるようになっておりました。

私は、行儀《ぎょうぎ》を見習う為にと、時々ですが、その祖母の家へ泊まりました。大切にしていただきましたが、昔風の厳格《げんかく》な、実に威厳《いげん》のあるお方でした。普段《ふだん》は優しい母ですが、厳《きび》しい時の母は、やはりこの曾《そう》祖母にそっくりだったと、変な所で、今になって感心するのです。

皆、遠い昔のことになってしまい、私の頭の中もゴチャゴチャと、気持ちばかりが先走ります。

〈無理しない方がいいよ〉

そのように言われても、もういよいよ私には、時が迫《せま》っていることが判っておりました。

こういう時期に、出版社を通じて、マスコミの取材の申し出がありました。私は、お断り致しました。

「ちよさん、勿体《もったい》ないよ」

そうおっしゃられても、まず私の身体《からだ》が、すでにお目にかかれるような状況ではなかったからです。家人にとっても、これ以上の煩《わずら》わしさに、係《かか》わることのできる状況ではありませんでした。

隣の工事が進むにつれて、いろんな問題が、不当な、予測できなかった〈とばっちり〉として、出てきたのです。それを相手に申し上げても、請《う》け負《お》っている工事会社と、土地所有者の不動産会社、販売業者、各社が異《こと》なっていて、責任の所在が不明になってしまうのです。

不快なことが多々出てきているようでしたが、私にまでは、何のお話も届きませんでした。その後、家《うち》の方で工事をすることになるまで、私には、何も知らされませんでした。

夏頃になって、私は冷房の中におりましたが、体調は相変わらずで、ペンを持っても書き記《しる》すことができません。

往診して下さる先生、看護師さんが、血圧を測《はか》ったり、様子を見に来て、皆さんには、本当に、大切にされておりました。

四作目の為に私が書いていた原稿を整理し、ワープロでひとまず清書を、お願いしていただきました。

清書された原稿が、小テーブルの上に置かれると、用紙一枚が厚手とは言え、こんなに、書いていたかと驚きました。

机の上、机の中、引出し、袋の中、ほとんど手当り次第《しだい》、清書していただきました。本の出版に必要な枚数の、三冊分位の量でした。

クリップされたのを手に、

(これは何でしょう。どなた様がお書きになられたのですか)

そんな思いが、私の頭の中を一瞬かすめたりするのです。
書き溜《た》めてきた、私が自分で記《しる》してきた原稿ですのに、手にすると、夢を見ているようでした。勿論《もちろん》、メモ程度のものから、まだまだ直さねばならない不完全のものまで、そのまますぐに表《おもて》に出せるものばかりではありません。

随想　応募作　一〇四枚
随想　応募作　三〇枚
随想　応募作　三五枚
随想　応募作　三〇枚
ダム底に眠る古里《ふるさと》　一〇枚
入院中のできごと　三〇枚

追憶《ついおく》　三〇枚

必志《ひっし》

病人の魂

家にいた時のこと

学校の思い出

病院生活

本の出版について

うた、（短歌と川柳）

私がお箸《はし》の袋や、メモ用紙に書き記《しる》したものまで、綺麗《きれい》に清書されておりました。

私が見やすいように、表まで作ってくれました。

いつもいらっしゃるお友達が、

「カネボウスペシャル大賞に、出す為の原稿一〇四枚も、できあがっていたのですか。惜《お》しいわね」

と、おっしゃって下さいました。

私が、心血《しんけつ》を注いで、書いた作文でした。

「今度こそ、一〇〇〇万円の大賞を、お世話になった皆さんの為に、取りたかったのに――」

久々に、冗談《じょうだん》がお口からこぼれました。

応募しようと準備していたのですが、カネボウスペシャル大賞は、会社の都合で中止となってしまったのです。

「でも、二回私は、一〇〇〇万円の夢を見ることができましたから」

宝くじの方が、確率が良いかも知れませんが、なんとなく、大賞応募を楽しみにしていたのでした。本当にこの大賞が取れていたら、それはもう、大変なことでしたでしょう。

夢のまた夢、チャンスは一回きりでしたが、こうして、それ行けちよさんシリーズの、出発点になったことは、私にとって、大きな転機であったと思います。

「できあがっているけれど、大賞用のこの原稿は、シリーズ四作目には出せないのです」

内容を知らないお方に、四作目として勧《すす》められても、私はお断りしました。この作文の内容をお話しすることが、一口ではできないのが、もどかしくもありました。誰にもこの内容をお見せしていなかったからです。ワープロ清書をして下さるお方は、孫《まご》のお友達で、ほとんど私は、面識がございませんでした。

「〈それ行けちよさん93歳!!〉は、日常の生活体験を記《しる》したのです。この〈ありがとさん〉は、スターゲイトについての、私のお勉強の成果を書いたのです」

娘とお友達は、怪訝《けげん》そうに手に取り、あらすじ、目次を見ておりました。

「ええっ!!」

二人は、お目目をまん丸《まる》くして、絶句《ぜっく》です。

インテリヤクザお二人は、

「これは、シリーズでは無理ですね。うーん。勿体《もったい》ないけれど、どうしようね」

考え込んでおられました。

(とうとう一本、お面《めん》を取った!!)

他愛もないことですが、私は、ちょっぴり嬉《うれ》しくなりました。


(一巻『それ行けちよさん93歳!!』参照)


〈ありがとさん〉は、応募用として、この横浜に来てからお勉強したことの、自分の内面を記《しる》したものでした。

「まだほんの浅学《せんがく》で、奥深いところまでは判りません。ほんのスターゲイトでございますから……」

私は、唖然《あぜん》としているお二方《ふたかた》に、涼《すず》しい顔でご説明申し上げるのでした。

心は逸《はや》り、書き記《しる》したいことが、まだまだ山ほどあるのです。

遠い昔、池普請《いけぶしん》の現場で出遭《あ》った、段地子達《だんぢこたち》のことが、思い浮かぶのでした。

無理しないで、少しずつでもと、意欲はあるのですが、まだその力は書くまでに到らないのが、もどかしくもありました。

こうして、少しずつ書き記《しる》してきたものを見ると、

「この婆《ババ》に、まだ御用《ごよう》がござるかな」

生死を彷徨《さまよ》う中で問うた時、

〈まだすることが残っている〉

と、明確に戻ってきた言葉の真意が、やっと今、私は判ったような気がしました。

ボロボロのポンコツ車のような、私の肉体です。その心の窓から、呼吸をさせてくださる、生命《いのち》の源《みなもと》である〈宙《ソラ》〉へ、感謝を込めて、意識を向けると、無限のお力がいただけるのです。

こうして、こんな粗大ゴミにも等しい身体《からだ》であるが故《ゆえ》に、人並み以上に必志《ひっし》（必ずやり遂《と》げる志《こころざし》の意）で、努力し、生きてきたのです。この生き様《ざま》を貫《つらぬ》き通し、最後まで正確《せいかく》に、見聞したものを活写《かっしゃ》して、記《しる》すということではないかと思いました。

生きることは、私にとって大変な学びでした。今、限られた持ち時間の中で、段地子達《だんぢこたち》のことを書き記《しる》そうと、その準備を頭の中で、開始致しました。少しでも、思ったことを書き記《しる》すことが、（私のすること）であると気付いたからです。

李《すもも》の樹のある側《がわ》のベランダから、黒ねこが覗《のぞ》き、私と目線が合うと、また歯をむくのでした。

お隣を塒《ねぐら》にしていたねこは、工事で行き場をなくし、ホームレスになって、こうして彷徨《さまよ》っているとのことでした。
住む家も、食べることにも事欠《ことか》く不安の中にあることが判ると、（そんなに怒らないでね。今エサをもらってあげるから）
歯をむき出して、人間に接することしかできない、このねこ、このの在り様《よう》を、理解し易《やす》くなりました。
人間がどれ程《ほど》、その時の環境によって、心を、感情や想念で、大波、小波に揺《ゆ》れ動かされるか、生への学びの尊さを、その重みを、喜びとして受けとめるだけでした。

うた

人間てなんだろうかとふと思ふ
微生物だよ地を這いあるく

時うつり民家なき野にぽっつりと
校舎のみのきびしき姿

待つ人へ思いをそそぎいそぎ足
今日にかぎりて歩むにぶさよ

夜を徹《てつ》しふくらむ夢《ゆめ》のお弁当
泣き出しそうな空われも泣く

草に寝て小鳥の声にはげまされ
己《おのれ》の弱さかかしも笑う

数々の心尽し身にしみて
涙流れて今日も止まらず

このところ睡眠《すいみん》不足に頭《づ》の重き
風来《ふうらい》猫か屋根裏荒す

浮草の浪のまにまに何処《いずこ》へか
揺《ゆ》られゆられて果てる運命《さだめ》よ

長き日々我が儘《まま》吾によくぞ耐え
真心《まこと》尽せし子等に感謝

幾年の心の重荷消え行きて
捨てて身心《しんしん》さわやかならん

風鈴に元気出せよと促され
うれしいな合格したよさあ遊ぼ

〈四〉人生愛のみ

お部屋の中だけで過ごす毎日は、私の弱体して行く身心《しんしん》に、尚《なお》更《さら》に拍車《はくしゃ》をかけることになっていくのでした。そういう衰《おとろ》えの中で、心の窓だけはしっかりと見開き、少しでも、呼吸をこうして与えてくださる目に見えないお力に、畏敬《いけい》の念を深めて、首《こうべ》を垂《た》れる日々となりました。

大きなテレビを、私が見え易《やす》いようにと位置を変えたりして、工夫《くふう》を懲《こ》らしてくれます。半分程《ほど》身を起したり、寝たままになったりしながら、世の動きに取り残されないように、テレビを見ます。

大自然の猛威《もうい》による、地震、津波、台風、大雨、豪雪《ごうせつ》、竜巻、山火事、落雷等、地球上の何処《いずこ》かで、必ずといっていい程《ほど》の心配ごとが起きております。その為に、それに巻き込まれた人々は、不安、恐怖、怒り、恨み、嫉妬《しっと》、独占欲、敵対心等々……。特に疑いの心は、猜疑心《さいぎしん》となって、密告、拷問殺戮《ごうもんさつりく》等、暗い方へと心が傾き、内戦、戦争まで引き起こす原因になっております。

被災《ひさい》者の方々が、喜びも、嬉《うれ》しさも吹き飛んでしまい、この家のベランダにやってくる、黒ねこの心に近い状況下まで、環境そのものが悪化しているのを見ると、私の心は痛みます。一刻も早く、向上心を持って、暗い心から立ち直っていただきたいと願うばかりです。大自然の荒《あら》ぶる心の顕現《けんげん》による災害に、

〈この位のことで済《す》んで良かった〉

と思うお方と、

〈こんな目に遭《あ》って〉

と反発心を持つお方と、

〈私はダメなんだ。もうダメなんだ〉と、全くやる気をなくして、後退《こうたい》してしまうお方もおられましょう。

また、神、仏に祈りを捧げることによって、依存心《いぞんしん》の中に埋没《まいぼつ》して、目の前の現象から目を逸《そ》らし、逃避《とうひ》されて行くお方もおられると思います。

各人各様、地球の上で繰《く》り広げる、一生《いっせい》の一人舞台です。その者の人生行路で会得《えとく》した、体験による心の旅路によって、捉《とら》え方、演じ方は異なることでしょう。

全ては私達各人の自由意思です。何をするにも、決めるのは私の心です。誰も、批判も貶《けな》すこともできません。

すべての結果は、私が決めた以上、私本人が、〈今という時点〉

で被《かぶ》らねばならないのです。

〈あの時、ああしておけば良かった〉

〈あの時、言う通りにしなかったから〉

〈あの時、諦《あきら》めていなければ、今頃は——〉

今になって言い訳をしても始まらないのですが、振り向いては後悔《こうかい》の臍《ほぞ》を噛《か》み、それに捉《とら》われてしまうのです。

加齢と共に、少しずつでも前へ進んで、心が広く、深く、暖《あたた》かく、大きく、丸く、共に成長して行かねば、どこかで平衡《へいこう》感覚を失うものです。

ある日突然、楽しくも、明るくもなく、前へ一歩も進めなくなって、足踏みする結果となってしまうのです。

こういう状態を今流に言えば、スランプに陥《おちい》るとでも申すのでしょうか。

今、地球が変わり、渇水《かっすい》した心を潤《うるお》さなければ、物質的な生き様《ざま》は通用しなくなりつつあります。各人が、地球の歩みに従《つ》いて行けなくなっていることを、私は、月下美人の花から、そして李《すもも》の樹から教わりました。

誰も、私達各人の生き様《ざま》に干渉はしてくれません。自分の一生《いっせい》は、自分で培《つちか》って、切り開くしかないのです。

自分の一生《いっせい》は自分が主役であり、地上で唯一《ゆいいつ》の一人舞台をこなす役者とならねばならないのです。

〈誰のせいでもありゃしない。みんな私が悪いのよ〉

こんな歌の文句を思い出すようなことのないよう、刻々《こくこく》と刻《きざ》む地上での足蹟《そくせき》を、大切にしたいものです。

今、この時点で自らを見つめれば、自《おの》ずと、明るく、楽しく、嬉《うれ》しく、喜びの中をスーイ、スーイと行っているか否《いな》かの判断はできると思います。

良い方へ、明るい方へと、自らが暗い方へ近付かないように、注意しなければなりません。

万が一暗黒の中に入ったとしても、自らの意思で抜け出る強い決意を忘れないように、と申し添《そ》えたいです。

(お説教《せっきょう》ババアになったようです)

頭の中が纏《まと》まらなくなってきているのかも知れません。

幼《おさな》い頃の生き様《ざま》が、九十七歳を迎えた今も、私の中にしっかりと根付いていたことを否定できません。

〈三つ子の魂《たましい》、百までも〉

この言葉は真実でした。

生まれ育った私の環境、両親、友人、知人、多くの人々との出逢《あ》い、そして別れを経て、少しずつ、その中から体験という学びを修《おさ》めて、今日《こんにち》の私が存在しています。

本当に、亀のように鈍《のろ》い、遅々《ちち》たる歩みでした。ポーンと、一足飛びに来れるものではございませんでした。

幼《おさな》かった頃の記憶を辿《たど》れば、大雨が降り続いて、川の水が氾濫《はんらん》し、大洪水になったことがございました。

村内で滅多《めった》に鳴った事のない半鐘《はんしょう》が、カン、カン、カンと急に、三つ打ち鳴らされました。

「洪水だ、川辺に近付くなよ」

父は、私達に厳《きび》しく言いおいて、青年団、消防団のお揃《そろ》いの法《はっ》被も勇ましく、日頃の訓練通りに、其々に分担を担い、組に分れて出陣《しゅつじん》なさいました。

村中が騒々《そうぞう》しく、大騒ぎの始まりです。

当時、私の住んでいた家は、県道よりも奥に入った高台にありました。兄達と共に、遠くから、水嵩《みずかさ》の増した濁流《だくりゅう》の流れを、怖《こわ》いもの見たさで、恐ろしさに震《ふる》えながら見下ろしていました。

根のついたままの樹や、ちぎれた木片《もくへん》等が、ものすごい勢いで音たてて流れるのを、怖いのですが、地面に吸い付いたように立ち尽《つ》くして見入っておりました。

〈橋が落ちたよお――う〉

大声が飛び交《か》い、半鐘《はんしょう》は鳴り続け、村人の心は、不安と恐怖、そして言いようもない緊張感を伴《ともな》っての連帯感で、騒然《そうぜん》たる有《あ》り様《さま》でした。

流された橋は、川の氾濫《はんらん》が治まってから、村の青年団、消防団の方達が集まり、杉の大木を山から切り出してきて、新たに橋作りをするのでした。

大自然の猛威《もうい》を前にして、人間の力の及ばない、荒れ狂《くる》う風、水、時には火、地震の天変地異《てんぺんちい》に、当時は心の中で、

（お助け下さい）

と、皆が平伏《ひれふ》しておりました。

大自然を動かしている見えないお力が、時折《ときおり》私達にお見せになる破壊《はかい》的な猛威《もうい》ですら、あるがままを受けとめて、素直に、自然を心から敬《うやま》いました。

婦人会は、こういう時に、食事、飲み物、おやつを用意し、現

場へと持参しておりました。

村民挙《あ》げて、一つのことをやり遂《と》げようと、皆の心が一つに纏《まと》まって、力を発揮しておりました。

村民共同体の心強さ、力強さとでもいいましょうか、〈集落家族〉のような友情と、同胞に対する愛が暖《ぬ》くもりとなって、全く家族同様《どうよう》、違和感はありませんでした。

こういう時、母は、食物に工夫を凝《こ》らして、珍しい一品を考え出し、皆さんに喜ばれておりました。

時移《うつ》り、生活様式も様《さま》変わりして、核家族となって、マイカー時代の到来の中、村落共同体そのものが、大きく変わらざるを得なかったのでしょう。

冠婚葬祭《かんこんそうさい》には、村人総出でお互いに助け、喜び、悲しみ、お祝いし合い、同胞として親《した》しんできた暖《あたた》かい連帯感は、ほんの一部分を残して、今は失せたように思います。

昔が悪いとか、良いとかではなく、地球という歴史の本流の中で、どう、一人ひとりが生きて行くか、各人の意識に委《ゆだ》ねられているのです。

環境の良し悪しも、人其々《それぞれ》に、明と暗と、生まれた時からの格差があったとしても、あるがままを受け入れ、どんな逆境《ぎゃっきょう》の中からでも、自《みずか》らの向上心さえあれば、必ず報《むく》われる仕組みになっているのです。

小学生時代、私はいつも一学期の級長に選ばれ、赤い襷《たすき》をいただいておりました。級長は、同級生の選挙と、担任《たんにん》の先生によって決まりました。副級長は青い襷《たすき》でした。

当時の卒業式では、成績優秀な生徒は、優等生として表彰《ひょうしょう》されるの習《なら》わしでした。そうなりたくて、一生懸命《けんめい》勉強しました。

卒業生総代《そうだい》は、男の子に譲《ゆず》りましたが、私も優等生で卒業できました。

父は、成績が良くて、私が学校で褒《ほ》められたりすると、津山の町に出た時、ご褒美《ほうび》を必ず買ってきてくれました。

その頃は、ゴムの黒い靴《くつ》が出始めで、高価なお品でした。その靴《くつ》を買ってきてくれた時の感動は、今でも忘れてはおりません。

この時、キャラメルも一箱、父は共に買ってきてくれました。キャラメルは皆さんに差し上げましたが、靴《くつ》は、学校に履《は》いて行くことはありませんでした。

それは、当時誰も、靴《くつ》を履《は》いていなかったからです。お家の中で時々履《は》いて、お庭で、家族や出入りされている知人達に見ていただくだけでした。

大自然のお力は、私達に計《はか》り知ることはできませんが、当時の山里では、母が体験したような不思議なことはありました。

台風で川の水嵩《みずかさ》が増し、田も畑も水没し、山崩《くず》れや崖《がけ》崩れが近《きん》郷《ごう》で起きると、警防団《けいぼうだん》（消防団と青年団から成る）の中から、若くて優秀な、経験豊富《けいけんほうふ》な者を選び、支援部隊として派遣《はけん》しておりました。

梅雨時《つゆどき》の大雨で、岡山県と鳥取の県境に近い河川が氾濫《はんらん》したことがあります。選ばれた五人は、戦地に行く兵隊さんをお見送りした時のように出発されました。十日程《ほど》して、帰って来られたときには、村中で凱旋将軍《がいせんしょうぐん》をお迎えする様に、喜びに沸《わ》いて、その労をねぎらいました。

酒盛りをしながらのお土産《みやげ》話に、誰の顔も氷《こお》りついたように、一瞬息を呑《の》んだと申します。

支援に行った五人は、渦巻く流れを見下《みお》ろす岩の上で、話し合いをしていました。

すると、昼間なのに突然、雷鳴《らいめい》が轟《とどろ》き、夕立《ゆうだち》のように空は暗くなり、激しい雨と、突風が吹き荒れる中、濁流《だくりゅう》と化した川の中より、見たこともない大蛇《だいじゃ》が姿を現しました。

「あっ――」と、驚く間もなく、風と雨と霧《きり》に巻かれながら、稲妻《いなずま》と共に山の方へと、空を切るようにして渡って行く蛇の姿を、五人は、目撃したのです。

〈見たこともない大蛇《だいじゃ》だった〉

〈稲妻《いなずま》と共に、渡って行った〉

そのことを、誰も疑いませんでした。

大蛇《だいじゃ》の姿を見た五人は、それ以来、申し合せたように、次々に若くしてお亡くなりになられたのです。

五人の目撃者は、一種の集団催眠《さいみん》にでもかかっていたのではないかと、今のお方はおっしゃるかも知れません。しかし、事実として目にされたことを、否定できないのです。

大蛇《だいじゃ》についてはもう一つ、私が幼《おさな》い時、本当に怖《こわ》いと思ったお話があります。

あの山には大蛇《だいじゃ》がいるから、注意するようにと言われている山に入山した村人の一人が、駆《か》け戻って来て、翌日お亡くなりになられたのです。

真っ青な顔《さお》で家に辿《たど》り着くや、死んだようになって寝込み、そのまま目を覚まさなかったのです。

大蛇《だいじゃ》がじっと、木の間からこちらを見つめて、舌をチョロ、チョロと動かし、今にも飛び掛って来る気配に、慌《あわ》てふためいて逃げ帰ったとのことでした。

心理的には、極度《きょくど》の恐怖感による別の死因がおありであったかも知れません。当時の山里の暮らしの中では、一概《いちがい》に無智《むち》ゆえと片付けられない現象を、この他にも私は見聞しております。

大自然の破壊《はかい》的勢力の作動は、地上人類の地球との共存が上手《うま》く行かなくなった時に起ることは確かです。

天変地異《てんぺんちい》は、人間側のおごりを戒《いまし》める為であり、地球という生命体を愛《いつく》しむ心掛けが失せた時に、学びとして与えられているのです。

今、地球上で起こっている全《すべ》ての現象は、人類がこれから如何《いか》に生きて行くべきかを示唆《しさ》する、道しるべだと思います。

地球に住む私達は地球人であり、大宇宙から見れば〈宇宙人〉でもあります。

地球外生物の存在が顕在化《けんざいか》され、いずれ宇宙の生物達との交流が現実となる日がやってくるかも知れません。そんな時に、黒ねこのように歯をむいての交渉を、地球人類がしないよう、この婆《ババ》は、今からお願いしたいのです。

宇宙時代を迎える今、地球人、即《すなわ》ち宇宙人の端《はし》くれとして、お仲間入りできるまでに、〈心〉を大切にと願うだけです。

「赤ちゃん体操、一、二の三。はあい、ちいちゃん、こっちのお手々も、一、二、三」

ベッドの上に、ころころと身体《からだ》を転がすようにして、全身オイルマッサージを終えると、娘は声かけをしながら、私の手足を動かすのでした。

初めのうちは、いい年して、

(何が、赤ちゃん体操だ)

と、反発心が出ておりました。

全身のオイルマッサージで、足の裏までがポカポカしてくる頃には、私は本当に、赤ちゃんのような笑顔が湧《わ》いてくるのです。

毎日こうして、パジャマに着替えさせてくれます。頭の天辺《てっぺん》から足先まできれいにして頂くと、家人が入室を許されるのでした。

「ちよさん、お元気そうで、きれいですよ」

こんなお声を掛けて下さる日は、頭の中は一時だけ爽《さわ》やかです。

悪環境の中でも、四作目を仕上げる意欲は、私の中で〈必志《ひっし》〉となっております。

夜中に起きて書き記《しる》し、昼間は、隣の工事の騒音《そうおん》の中で、うつら、うつらしておりました。

もう、昼も、夜も、季節も、年月日も無頓着《むとんじゃく》に、ただ必要なことのみ、書き記《しる》すのでした。

そんな最中《さなか》に、

「申し訳ないけれど、二重窓にする工事を、早急にしたいのです」

家屋の損傷箇所《そんしょうかしょ》を修理するついでに、防音工事をすることにしたとのことでした。

(十年前に改築したはずなのに)

理由を聞きたいとは思いましたが、私は口を閉ざしておりました。

お隣の工事は、六月から家を建て始め、毎日のように、トンカチの音がしておりました。

「隣の土地、買えば良かったのに」

申し上げたことがありました。

「必要ないから」

いとも簡単な、家人の答えでした。

再度、私は、隣接地は、買っておくべきではないかと話したのですが……。

豊かであれば　悩むことも　ゆたかにて

無に等しければ　悩むこともなし
されど
人の世は　ままならず
地上に生誕《せいたん》せしも
常に宇宙を旅する〈旅人〉である
認識あらば
動ずること　これ何もなし

どこかで聞いたことがあると思ったら、昭和五十二年に、六十七歳で亡くなった私の夫の信条が、そっくり返ってきました。言う言葉がありませんでした。

寝静まってから、誰もいない室内で、長くしてくれている紐《ひも》を引っ張って、電気を明るくしました。

原稿用紙とペンを持ち、少しベッドを起こしたいと思うのですが、自分で電動ボタンを押したことはありませんでした。

すぐ娘がやってきて、起こしてくれました。

この家に来てから、娘のパジャマ姿を、見たことがないのを不思議に思っておりました。私の為に、いつも夜もこうして、洋服を着ているのではないかと思いました。それについて私は、娘に問うことができませんでした。

「四作目、何とか目処《めど》がたったけれど、私の頭はかなり、オトボケ遊ばされて、何を書いているのか判らなくなるの……」

娘が笑顔で頷《うなず》きながら出て行った後、お迎えが近いことを、娘は知っているのだと思いました。

（最後は、病院に行こう。ここで、これ以上迷惑《めいわく》は掛けられない）

私の中で、こんな決断がありました。それは、病気のお蔭《かげ》で、この家の者が知らないことも、私は知識として判っていたことがあったからです。

今の御時世《ごじせい》、自宅で私が死亡すると、警察の調べが必要になる場合があるのでした。何度もそういうお話を身近で、見聞していたのです。

次女が来た時、その話をしました。次女も、全ては主治医の先生にお任せになることです、との意見でした。

（ご迷惑《めいわく》を掛けてはならない）

私の中に、そのことだけは、強い意識としてありました。

暮れもお正月も私は眼中になく、夜、原稿を書き、昼は〈赤ちゃん体操〉を楽しみに、私なりの日程をこなしているつもりでした。

暮れから数人が来宅され、そして年が明けてから、本格的に、自家防衛の為の改修工事が始まりました。

私も部屋を移りました。三日後には二重窓に直っていました。不快な耳奥《みみおく》の振動は消え、昼間に原稿を書ける状況になりました。


〈ありがとう、本当にありがとう〉

涙腺《るいせん》がこわれてしまって、何をするのにも感謝のし過ぎはないのでした。

この地球生命体の上を、〈人間様して〉不遜《ふそん》にも、大きな顔して闊歩《かっぽ》して来たか……。それも九十七年間も……。

私は恥ずかしさのあまり、布団を頭からかぶり、恥辱《ちじょく》の涙を流しました。

怒りも、反発心も、何ひとつ、私の中に一切の捉《とら》われはございませんでした。

胸奥の、〈心の窓〉を通り抜け、魂《たましい》へ、そのもっと奥の呼吸の源《みなもと》へ、万物の根源、〈宙《ソラ》〉へ、無限に広がる愛の源《みなもと》へ飛んで行きました。

（まだ　私に御用《ごよう》がござるかな）

暖かい、暖《ぬ》くもりある黄金の眩《まぶ》しい光が、私の目の前に広がり、寂静へと、それは今迄《まで》体験したことのない、安らかな心地《ここち》でした。

二〇〇八年　睦月

ちよ女

うた

新本の労をやさしく光降り
勿体《もったい》なさに涙とまらず

下界ではわれ等《ら》の友が否《いな》ちがふ
星もおどろき見下《みおろ》している

人類のたいまん増して止《とど》まらず
さとれ目覚めよ源《みなもと》のいましめ

冬を待つもみじ葉さえて色深し
すゝきの頭《こう》べ下げる意なぜに

一字づつ綴《つづ》り行くペンに
明日《あした》の吾の魂を知る

ありがたや人の体の深奥に
尊《とうと》し光おわしますがや

おおいなる強きかな吾唯一の友
大望《たいぼう》に命捧げて宙《ソラ》への途

、ちよさん　最後の記

――池普請《いけぶしん》と段地子達《だんぢこたち》――

懐郷《かいきょう》の中で

明治四十三年生まれの私は、今夏が来れば九十八歳になります。顕幽界《けんゆうかい》を時折、往復のパスポートをいただき、行きつ戻りつしている現状です。

池普請《いけぶしん》に係《かかわ》っていました父を、一度だけ訪ねた折に出逢った段地子達《だんぢこたち》のことを、思い出し書き記《しる》してみました。

今となっては、記憶が定かである保障はございませんが、池普《いけぶ》請《しん》は、岡山県庁の許可のもと、村総出の慶事《けいじ》であり、公《おおやけ》の大切な仕事でした。

段地子達《だんぢこたち》は農家の女の方々ですが、当時、賃金をいただける、ありがたいお仕事であったと思います。池の水漏れを防ぐ為の六尺棒を持つ手と、踏み締める足でだんじる様《さま》は実に美しく、すばらしい光景でした。

限られた工期《こうき》の中で、池普請《いけぶしん》の要《かなめ》の仕事を担《にな》っていた段地子達《だんちこたち》の、喜喜《きき》として働いていた姿を思い出すことができました。

二〇〇八年　如月

ちよ女

池普請《いけぶしん》と段地子達《だんぢこたち》

今夏、八月十日が来ると、明治四十三年生まれの私は御年《おんとし》九十八歳を迎えます。現、津山市上横野（旧、高田村）に生《せい》を受けました。結婚してからは、倉敷市笹沖に住んでおりました。今も、足高山の山裾《すそ》の笹沖には、六十五年余の私の生活の場が残っております。

加齢のせいもあるのでしょう、高田村での幼《おさな》い頃を思い出すことが多くなってまいりました。お迎えが近いと幼児返りするとは仄聞《そくぶん》しておりましたが、日、一日を楽しく、嬉《うれ》しく、感謝しながら、あるがままを受け止めております。

認知症《にんちしょう》とか、今風に呼び名は変わっても、
〈ボケ老婆の戯言《たわごと》かな――〉
と、お目溢《こぼ》しいただき、ちょいっとお頭《つむ》のご機嫌を窺《うかが》いながら紡《つむ》ぐ、私の思い出の中を、共に散策《さんさく》していただけたら嬉《うれ》しゅうございます。

老いることは、誰も避けられません。こんなに長く生きようとは思ってもいませんでした。癌《がん》という病《やまい》も体験済みです。薬問屋が喜ぶほど、術後《じゅつご》は毎日三度も四度もの薬漬けで、半世紀ほど、死神様を追い払ってきたようです。

こんな身体《からだ》で、ここまで長生きできたのは、医学の進歩、医術のお蔭《かげ》です。本当に、宇宙を創造され、人間をこうして見守ってくださる、目に見えないお力が作動しているなら、幾重にも頭《こうべ》を垂れて、御礼《おれい》をば申し上げねばなりません。

齢御年《よわいおんとし》九十七歳ともなると、幼子《おさなご》の心になったのか、見るもの、聞くものすべてが新鮮でありがたく、やたらと手を合わせたくなります。

〈ありがとう、ありがとう〉

の言葉が、何事につけて迸《ほとばし》り出てまいります。

これを周りの方々は感謝と捉《とら》え、

〈なんて、謙虚《けんきょ》なお方でしょう〉

そんな、お褒《ほ》めの言葉を頂戴《ちょうだい》したとしたら、

〈まだ甘いね〉

と、軽口をお返しする感情が、私の中にまだ残っているのです。

この年《とし》になっても、生《なま》の人間の本性とでも言いましょうか、枯《かれ》木

のようにはなれないのです。

活力の泉は、まだ残された地上での時を、如何《いか》に有効に過ごそうかと、意欲が湧《わ》いてきます。その分、まだ生身でこうして、生かされているのでしょう。

上げ膳《ぜん》、据《す》え膳《ぜん》、私の小テーブルの上には、まるで御仏前《ごぶつぜん》よろしく、珍しいお品がお供《そな》え物のように並ぶのでした。

少食な私が食べきれるはずもないのにです。

（私って、生き仏様かしら）

行き届き過ぎて、こそばゆい気もするのです。

数年前より、娘宅に身を寄せてから、何の心配もなく、気儘《きまま》に、お迎えを待つ身の気楽さにどっぷりと浸《つか》っておりました。自己流の短歌や川柳を捻《ひね》り、幸せボケしている今日この頃ですが、ずっと、ずっと、働き蜂であった私にとっては、この幸せな静かな日々が、何故《なぜ》か落ち着かないのです。

こんな考えに、

（罰《ばち》当りなことを）

と、自らを戒《いまし》めるのですが、また次には、

（もったいない）

という思いが湧《わ》いてまいります。

まず、うたで頭の回線経路《かいせんけいろ》を明るい方へと整えます。

大海の中にゆらぐ捨て小舟

波の乱舞がやさしき門出《かどで》

小走《こばし》りの煮物の味のなつかしや
他郷《たきょう》に老いて古里《ふるさと》しのぶ

薫風《くんぷう》にいざなわれしか梢《こずえ》なる
緑の乱舞輝やきて見ゆ

酒くすり今はきちがい人ころし

入学やじじばば二人ランドセル

少し頭が冴《さ》えてくると、太鼓を打つ音が、耳奥《みみおく》でかすかに聴こえてまいりました。だんだんと、それは、近くで大きく響き始め、山々に木霊《こだま》し、父の美しい声が、辺りの静寂《しじま》を震わせながら、集い来た踊り手達へと浸透《しんとう》して行くのでした。

ドンドコ　ドンドコ
ドンドコドン
ヒユウ　ヒユウ〜
ヒユウ　ヒユク　ヒユウ
ドドンのドン
カカンのカン
ヒユウ　ヒユウ〜
ヒユウ　ヒユク　ヒユウ
ドドドン　ドドドン

ドン　カンカン
青い松の葉がわしゃ
羨《うらや》ましい
寝ても　覚《さ》めても　あの　二人連れ
枯れて　落つるも　オラよ　二人連れ
ヒユウ　ヒユウ〜
ヒユウ　ヒユク　ヒユウ
ドンドコ　ドンドコ
ドンドコドン
ではないかいなあ〜
あっ〜　あっ〜　あ……
ドンドコ　ドンドコ

ドンドコドン
ヒユウ　ヒユウ〜
ヒユウ　ヒユク　ヒユウ
ドドドン　ドドドン
ドン　カンカン

村人総出の待ちに待った盆踊り。三段に組まれた高い櫓《やぐら》の天辺《てっぺん》に立つ、湯帷子《ゆかたびら》に博多の角帯を締めた、凛凛《りり》しい父の姿と、清清《すがすが》しい透明な美声が私の中で蘇《よみがえ》ります。

そんな晴れやかな父を誇らしく、私達は父の美しい声に、踊りの手振《てぶり》も忘れて聞き惚《ほ》れておりました。

農林業の生業《なりわい》で、私達家族と小作の方々は、暮らしておりました。父は、その傍《かたわ》ら、美声をかわれ、盆踊りの音頭《おんど》取りとして、時期が来ると、早い者勝ちのようにして依頼が殺到《さっとう》しておりました。

残念ながら、盆踊りは、隣村も、またその地方に隣接した村も同じ日でした。それ故《ゆえ》、地元の盆踊りを最優先にして、日にちがずれ込んだ所をお受けしていたようでした。

父の美声で思い起こすのは、近郊の池普請《いけぶしん》に欠かせない人材として重用《ちょうよう》されていたことです。依頼されると、数カ月も家を空けることもありました。

私が高田村の高田尋常《じんじょう》小学校、五、六年生の頃のことです。当時、山間の用水路のない村にとって、池普請《いけぶしん》は、灌漑用水《かんがいようすい》として欠くことのできない、大切なものでした。

岡山県庁の許可《きょか》が出ると、村を挙げての公事《こうじ》となります。池を作る工事が決まると、村長さんや役場のお方が父の許《もと》へ来て、いろいろと相談しておられました。依頼を受けると、父はその村に逗留《とうりゅう》して、ほんのたまにしか帰って来ませんでした。

勝田郡の池普請《いけぶしん》は、定かな記憶《きおく》を保障できませんが、新設の池だったと思います。

池普請《いけぶしん》をしても、池の水が漉《す》いて、水が漏《も》れてしまうこともあったようです。

そのような水の漉《す》く池の修復工事も、村長さんや役場の係のお方が、

「先生なら直せるじゃ(ます)。ここはまあっ、ひとっつ……」

と、深々と頭を下げておられました。

酒も夕バコも嗜《たしな》まない父は、その実直さと温厚《おんこう》な人柄で、多くの方達と交流がありました。

池普請《いけぶしん》の工事についての詳《くわ》しいことは、私には判りませんが、父が担《にな》う仕事は、重要なお役目なんだと、子供心に思っておりました。

皆さんとお茶を飲みながら、甘い物が好きな父は、干《ほ》し柿を振《ふる》舞うこともありました。

現地での長逗留《とうりゅう》の父のことを心配する母を気遣《づか》い、父恋しさに、私が現場へ行くことに決めたのです。

甘い物に目のない父の大好物は、ぼたもちでした。母は、もち米を炊《た》き、あずきを煮て、早速作りました。甘みは、甕《かめ》の中に大切に保存している、液状の砂糖でした。当時の砂糖は、甕《かめ》をお店に持参し、砂糖きびから搾《しぼ》った原液を買い置きしてありました。白砂糖は、まず庶民の口に届くことのないほどの貴重なお品でした。甘味と言えば、山に自生している甘茶蔓《づる》も珍重《ちんちょう》されておりました。

三つ重ねのお重箱に、心込めて作ったぼたもちを詰め、風呂敷《ふろしき》に包み、それを私は背中に負《お》いました。

勝間田へ行くには、津山駅からバスが出ておりました。一の宮まで母が従《つ》いてきてくれ、津山駅行きのバスに乗りました。津山駅から勝間田へは、不安はありましたが、父に逢える嬉《うれ》しさで勇気付けられました。

用水路のない山村地域にとって、池は、米作りと畑作りに必要な守り神でした。また、大切な地域にとっての財産でした。

それ故、申請した池普請《いけぶしん》が決まれば、その恩恵を受けられる地域の村人にとっては、慶事《けいじ》でありました。池普請《いけぶしん》そのものについては、私は全く何も判りませんが、父が携《たずさ》わった池の工事は、水が漏れないと言われておりました。当時父は、近隣の池作りだけでなく、水漏れの修復工事にも係《かかわ》っておりました。

バスを降りて、母に教わった道をまっすぐ、まっすぐ行くと、朝の九時頃家を出ておりましたが、すでに太陽は、正午《しょうご》に近い頭上にありました。

八十余年ほど前、幼《おさな》かった私が、心細くも初めての遠出をした日でした。母が私へ託した信頼と、父に逢いたいの娘心とでも申しましょうか、父に対する愛以外何もありませんでした。

村人に教えられた道を行くと、山彦《やまびこ》に乗った父の懐《なつ》かしい声を耳にしました。

お寺参りもすまされまして
三つなる子を背中に負《お》ぶい
五つなる子の手を引きて
思いやるさえ憐《あわ》れなり

二山まで通る美声と言われる、父の十八番《おはこ》の、鈴木主水《もんど》の口説が聴こえてまいりました。

もうすぐ父に逢えると思った瞬間、涙が流れて、一歩一歩が小走りに変わりました。

そして、息せき切って坂道を上がりきると、前方の真下に、池になる場所が広く、視界に飛び込んできました。

「お父さん、ちぃです、お父さん」

思わず叫びましたが、父には聞こえるはずもありませんでした。

人の姿を目にはしても、まさか私であることに、父は気付かなかったと思います。逸《はや》る心と足に、ブレーキがかかりました。私は、その場に佇《たたず》み、それ以上近寄れなくなりました。

それは、汗して一丸となって働く熱気が、私の立っている所まで伝わってきたからです。

十人以上の姉《あね》さ被《かぶ》りの人が、六尺棒を手にして二列《れつ》になり、辺りの山々に木霊《こだま》する父の美声と、段地子達《だんぢこたち》の大地を踏みしめる強い掛け声が、

――スットコ　スットコ　スットコ～～

スットコ　スットコ〜〜　——と。

池普請《いけぶしん》を心から喜ぶ仕事への熱意が、何人《なんびと》も近付けない程《ほど》の気《き》迫《はく》となって、私の足を竦《すく》ませたのです。

両手で長い棒を持ち、土を突きながら、足で地面を踏み固め、父の歌声に合わせて拍子《ひょうし》をとりながら進みます。一糸《いっし》乱れぬ揃《そろ》い踏みで、姉《あね》さ被《かぶ》りが何故《なぜ》か生き物のように見えて、真剣に地を踏み固めているところでした。

高い台の上で、父は段地子達《だんぢこたち》に向かって歌っていました。私には、父の凛凛《りり》しい姿と、段地子達《だんぢこたち》の姿しか、眼の中にありませんでした。

池普請《いけぶしん》には欠かせない、水が漉《す》かない為の地固めを担《にな》う女性達の存在に圧倒されました。

この女性達を、段地子《だんぢこ》とお呼びしていたのです。

満水になった時に、池の廻《まわ》りから水が漏《も》れて漉《す》かない為に、土を何度も、何度も踏み固めるのでした。これをしっかりとしていないと、水漏《も》れすることを教わりました。

六尺棒で、そして足で、姉《あね》さ被《かぶ》りも美しく、
スットコ　スットコ　スットコ　スットコ　スットコ〜〜

隊列は一丸となって、リズミカルに行きつ戻りつするのでした。

父が受けて作った池は、水が漉《す》かないことが自慢《じまん》でした。

段地子《だんぢこ》は、村の農家の女性達でした。現金収入のほとんどなかった当時の女性にとって、賃金をいただける、このようなお仕事があったのです。その為か、ご主人に頼《たの》んで、直接父にお願いしに来宅されるお方もおられました。

地下足袋《じかたび》に、脛《すね》までの巻き脚絆《きゃはん》を履《は》き、服は袖が細くて、手甲《てこう》や、手袋をはめているお方もおられました。前掛けをしたり、服でないお方は、筒袖で襷《たすき》がけで身軽そうでした。

六尺棒を、両手で力を込めて、じりじりと土を突いて、その土の範囲に限り突きながら、身体《からだ》を揺《ゆ》するように動いて進みます。その仕事ぶりは、実に見ていてきれいで、美しい光景でした。

私は、しばしの間魅了《みりょう》されながら、盆踊りで父が歌っていた、鈴木主水《もんど》口説を重ねて思い起こしておりました。

大《おお》太鼓と共に

ドドン　ドン　ドン

ドンドコ　ドンドコ　ドンドコドン

昔お江戸は青山辺に
鈴木主水《もんど》と言う侍《さむらい》が
女房ある中　二人の子供
今日よ（も）　明日よと（も）　女郎《じょろう》買いばかり
やめて下さい
主水《もんど》さま
なんぼあなたが　長者の子でも
金《かね》のなる木は　持ちゃんすまい
ドドドン　ドドドン
ドンドコドン

鈴木主水《もんど》の唄は、おしまいまで歌いきるのに二時間近くもかかります。父は歌い続けて、盆踊りの夏の夜の帳《とばり》が色濃くなっても、誰もその場を離れるお方はおられませんでした。

今、目の前で聴く父の歌声は、太鼓や笛の音がなくても、涼やかな透明な美しい声でした。辺りの山々に木霊《こだま》して、働いているすべての方々を楽しくし、父の歌声が活力の源《みなもと》になっているように、私も元気が湧《わ》いてきました。

今、当時のその情景を切り取って見ますと、

〈なんと長閑《のどか》な……〉

としか、言いようもございません。

しばらくして、父の声が止《や》みました。

段地子達《だんぢこたち》の列も乱れ、腰をおろして休憩《きゅうけい》に入ったようです。

土を運んだり、各人の持ち場があるのか、点散《てんさん》して仕事をしてい

た男の方々も集まってきて、莚《むしろ》の上に座られました。

手を振る私に気付かれたようです。その時、急に負《お》ってきた肩の痛みを感じたのを思い起こすのでした。

父は、私を見て驚いた様子でしたが、とても嬉《うれ》しそうでした。

「よく来たなあ」

幾度《いくど》もその言葉を繰り返しました。

父の喜ぶ姿を見ると、涙が先で、声が出ませんでした。

お重箱が重たかったであろうと、父は何度も、私の背中を撫《な》ぜてくれました。

段地子達《だんぢこたち》にも少しずつ分かち合い、父は、ぼたもちをおいしそうに食べておられました。

大きなやかんからお茶を注いで、皆で分け合い、それは家族のようでした。

仕事の都合で、しばらく母に会っていなかった父は、母がそうであるように、父もまた、母を、そして、私達を思っていることがよく判りました。父も母もやさしい良い人柄であったと、今この年になっても懐《なつ》かしく、尊敬《そんけい》の念はいや増します。

お重箱は二箱開けました。一箱は、父がお世話になっている村長さん宅へのお土産《みやげ》として残しました。

父は、おいしい、おいしいと、本当に嬉《うれ》しそうに、涙を浮かべて食べておられました。

どこに居ても、父が家族を思ってくれていることが判り、暖かい大きな愛を感じ取ることができました。

この日、甘酒を私は頂きました。段地子達《だんぢこたち》の中のどなたかが、お持ちになっていたのでしょう。

甘酒も父の好物の一つでした。私の嗜好《しこう》も両親から受け継がれていることを、なんとなく、こそばゆい思いで今、受け止めています。

父に促《うな》がされて、段地子《だんぢこ》の皆さんにご挨拶致しました。

見知らぬ大勢さんの前で、ご挨拶したことのない私は、緊張しました。近付いてみると、どのお顔も美しく、明るく、輝いておられました。その雰囲気は、遠足でお友達とお弁当を食べている様でした。銘銘《めいめい》が、懐かしそうな笑顔で、私を迎えてくれました。

驚いたことに、私が級長をしていることも、〈修身《しゅうしん》〉の時間に、教頭先生に代わって〈教育勅語《きょういくちょくご》〉を諳《そら》んじて読み上げたことも、運動会で駆《か》けっこが一番になったことまでも、皆さんは全部、何もかも知っていたのです。

父が、自慢の種にしていたことが判りました。父がどんなに私を大切に思っておられるか、判った日でもありました。

家では寡黙《かもく》な父が、娘の自慢話を外でしていたことは、なんと申していいやら、〈親馬鹿《おやばか》〉の見本であったと思います。

ただその時感じたのは、池普請《いけぶしん》に対する皆さんの〈嬉《うれ》しい〉という思いが一つで、その目的で纏《まと》まって、一致団結《いっちだんけつ》していることでした。希望と願いがすべて叶《かな》えられたような、晴れやかな公《おおやけ》の心で、私心《ししん》が全くないことでした。

この池作りに、誠の心をすべて捧げている、崇高《すうこう》な村人達の思いが、短い出逢いでしたが伝わってまいりました。

〈働くということは、皆が楽《らく》になる〉

嬉嬉《きき》として働く、その嬉《うれ》しいお心映えをお土産《みやげ》に、帰路につきました。

この公《おおやけ》の心で〈嬉嬉《きき》として働く〉ことは、生きて行く為に、どんなに大切な学びであったかを、ありがたい体験のひとコマとして、今でも感謝しています。

字面《じづら》やお口先の、理論、理屈で、何度も愛の尊《とうと》さを聴かされ、教わってまいりました。

他を慮《おもんぱか》る豊かな心、広い心を持つことは、博愛《はくあい》とも言われております。公の心で私心なく、皆さんの為に誠の心を捧げる博愛《はくあい》は、教わり、言われてできるものではありません。博愛《はくあい》の崇高《すうこう》な心は、自分の利益よりも他を利するという、高邁《こうまい》な心映えがないとできないことです。それも、体験なくしては何一つ身につかないことも、九十七歳にして納得《なっとく》できるのでした。

この段地子達《だんぢこたち》、農家のおばさん、お嫁さん、お姉さんの仕事に対する、美しく、喜びに満ちた笑顔を思い出すたびに、勇気を私は鼓舞《こぶ》されてまいりました。

働くことは、本来、他を楽にしてあげ、また自分も嬉《うれ》しく、喜びでなければ身体《からだ》を壊《こわ》すだけです。私の人生行路を照らす一つの明かりを、この日、私はいただきました。

貴重な体験でした。日常生活のひとコマ、ひとコマを、こうして生身で体験し、それを糧《かて》として、地球の刻む歴史の流れの中にすべて委《ゆだ》ねていれば、何の心配もないのでした。

この地球は、こうしていても、足《あし》早に、それでいてゆっくりと、悠久《ゆうきゅう》の時を刻んで進化し続けているのです。

地球生命体は、すべてが進化を刻む中で、ある側面では退化し、捨て去り、破壊《はかい》し、新生へと、目まぐるしい動の中の静、静の中の動を繰《く》り返しながら、生命《いのち》の源《みなもと》へと進んでいるのです。

明治から今日まで、特に、戦後六〇余年の物質的な復興《ふっこう》は、便利と豊かさをもたらしましたが、何か肝心要《かんじんかなめ》の大切なものを捨て去り、置き忘れてきてしまったように思うのです。

良いことも、悪いことも、すべて必要があって、今、目の前に与えられていることを知れば、全力を挙《あ》げてそれに立ち向かえば良いだけでした。

この日の体験のもう一つのお宝は、今振り返ってみると、他を利する〈利他愛《りたあい》〉の博愛《はくあい》への一筋《すじ》の道を、指《さ》し示してくれたことでした。

池普請《いけぶしん》が終った時の宴《うたげ》に

〈来《おいでなさい》んしゃい〉〈修《しゅう》身《しん》〉の熱い言葉に見送られ、私の胸は感動ではち切れそうでした。

何故《なぜ》かそんな時に、三年か四年生の二学期から始まった、〈修身《しゅうしん》〉の時間を思い出しました。

〈修身〉の科目ができて、一冊ずつご本を、先生からいただきました。月曜日の一時間目で、教頭先生でした。

本を開くと、先生は威儀《いぎ》を正して直立し、生徒は起立して頭《こうべ》を垂《た》れ、身じろぎもしませんでした。

教頭先生が、ご本にある〈教育勅語《きょういくちょくご》〉を静かに朗読なさり、それが終っても〈着席〉という指示があるまで、不動の姿勢でした。

・親への孝行《こうこう》
・目上のお方を敬《うやま》う
・家族としての責任《せきにん》
・友達への親切《しんせつ》
・弱き者を助《たす》ける
・動物や植物を慈《いつく》しむ
・他人を利する利他愛《りたあい》

その時によって、教えて下さることは異なりました。〈修身《しゅうしん》〉の字の如《ごと》く、学んだことをどれだけ身に修め、実行実践するかを、厳《きび》しく次の授業で質《ただ》されました。

私の人間形成には、この時に教わったことが、人生行路《じんせいこうろ》に生かされ、人間としての基本を実践《じっせん》して今日に到っています。〈教育勅語《きょういくちょくご》〉が良いか悪いか、私には判りませんが、〈修身《しゅうしん》〉の時間は楽しく嬉《うれ》しく、良い子になろうと、皆一生懸命でした。

軍国主義とか、国家権力のことも、私達には判りませんでしたが、当時、人間が生きて行く為に必要な、心の糧《かて》と、術《すべ》を、与えてくれたことは確かです。そして、何より楽しい時間でした。父母への孝養《こうよう》を、肩叩きを何回したかで競い合ったこともありました。皆の暖《ぬ》くもりあるやさしさが、どのように具現化《ぐげんか》されたかを発表できる楽しい時間でした。

ある日〈教育勅語《きょういくちょくご》〉をすべて覚えるようにと、教頭先生より言われました。家に帰ってから、どこにいても何をしていても、懸命《けんめい》に覚えました。そのせいか、私は今でも〈教育勅語《きょういくちょくご》〉を諳《そら》んじることができます。これも私にとっては、趣味のうたに続く、頭の回線経路《かいせんけいろ》を紡《つむ》ぐのに、良い刺激となっているのかも知れません。

そして、私は、教頭先生のご指示により、級長の赤い襷《たすき》をはずして、威儀《いぎ》を正し、皆さんの前に立たされました。緊張《きんちょう》しながら、直立不動で、

「朕惟《ちんおも》フニ、我《わ》ガ皇祖皇宗《こうそこうそう》、國《くに》ヲ肇《はじ》ムルコト宏遠《こうえん》ニ、徳《とく》ヲ樹《た》ツルコト深厚《しんこう》ナリ。我《わ》カ臣民《しんみん》克《よ》ク忠《ちゅう》ニ克《よ》ク孝《こう》ニ億兆心《おくちょうこころ》ヲ一《いつ》ニシテ世《よ》世厥《よそ》ノ美《び》ヲ濟《な》セルハ……」

教頭先生の、いつもの厳《おごそ》かなお言葉をお手本として、無事に皆さんの前でこの大役をこなすことができました。

父と別れて、一人家へと帰る見知らぬ道すがら、私は何故《なぜ》かこの〈教育勅語《きょういくちょくご》〉を諳《そら》んじながら、無事母の待つ家へ着くことができました。

〈教育勅語《きょういくちょくご》〉を皆さんの前に立って、諳《そら》んじたことを知った父は、津山の町に出た時にご褒美《ほうび》にと、キャラメルを一箱買ってきました。

キャラメルなんて今では珍しくないと思いますが、私にとりましては思い出の一品でございます。

今と変わらない、黄色い箱に入ったキャラメルですが、昔は十ケ入りでした。私は、食べないでいつまでもいつまでも、黄色い箱を開けないで大切にとっておりました。兄達に催促《さいそく》されてやっと開け、その中身の四角なキャラメルを、父母に、兄や弟に、親しい友人にと分けていったら、私の食べるのがなくなってしまいました。

こんな話を孫や曾孫《ひまご》に、八〇余年ぶりに致しましたら、さっそく、十二ケ入りキャラメルを二箱買ってきてくれました。私が見ているだけで、誰もまだこの家の者は、手を付けてはいません。曾孫《ひまご》との年齢差が九〇余も違えば、それは何を語っても、通じはしないと思います。

それでも楽しく対話できるのは、思いやりの心があるからでしょう。

二十一世紀を生きる人達は、目先のことに捉《とら》われず、全体を見る目を養わないと、将来困るだろうと思います。今の若い方々には、こんなことを申し上げたり、記《しる》したりすることこそ、とんだお節介《せっかい》なのかも知れません。

今、藤の紫の花が、鮮《あざ》やかに一尺以上も伸び伸びと、ブドーの棚《たな》に共存して咲いています。

私の部屋にも、三房切り取って、天井近くから、吊《つ》り下げて見せてくれています。

〈こんなきれいな藤の花、どこからいただいたの？〉

庭のお掃除を毎日している家人でさえも、頭の上を、空を見ていない鈍感《どんかん》さに、

〈水切れのあなたの心、干乾《ひから》びて、藤の花さえ、見ても目に入らぬとは〉

出かかった言葉を飲み込みました。

〈人間とはこんなものなのだ〉

と思うと、急に愛《いと》おしくなって、私は久しぶりに笑いが込み上げてまいりました。
〈このお方達は、これからなんだ〉
〈どんな小さなことでも、一つひとつを自分が体験して行かねばならないのだから〉
私が今更、気を揉《も》んでみても致《いた》し方のないことでした。
ここで良いという地点は、人間やっている限り、ないのですから……。
〈楽しく、明るく、人生行路を進もうね〉
そう言って、ポンと背中を叩いてあげたいけれど、もうその力はございませんでした。
この地上での一生《いっせい》をどう過ごすかは、各人の自由意思ですから、お好きになさいませ。

私の身体《からだ》は水切れで、加齢《かれい》に追いつかなくなってしまいました。

左胸のずっと奥が重苦しくて、

「アン、アーン、アーン、アーン」

と声を出していたら、窓外の、李《すもも》の緑葉《みどりば》が、

「ちよさん、頑張るんだよ」

窓を、そして室内のカーテンを、突き抜けて入って来られ、そんな言葉を掛けて下さるのでした。

植物も私と同じ、この地球で生きているお仲間であることを示され、初めてのことで、嬉《うれ》しくもあり、驚きでもありました。

お迎えが近いのか、顕幽《けんゆう》両界を行ったり来たりの往復パスポートを、私は大いに利用させていただけるのでした。

時折、このような体験を家人に話して、驚かせることがありますが、驚いているのは、実はこの私なのです。テレビで、ヴェネチア国際映画祭監督賞に輝いた、北野武監督の〈座頭市《ざとういち》〉という作品を放映しておりました。

村人達が総出で共にタップを踏む、喜びの場面がありました。この映画の、ラストシーンを見ていたら、段地子達《だんぢこたち》が池普請《いけぶしん》を終え、男衆も女衆も村人挙げての宴《うたげ》を催《もよお》す場面が、鮮明に蘇《よみがえ》りました。

父へぼたもちを届けた日に、お誘いを頂いておりましても、私が参加できるはずもありません。それでも、私の中には今も、池《いけ》普請《ぶしん》を終えた姉《あね》さ被《かぶ》りの段地子達《だんぢこたち》が、池の水面を土手から見下ろし、鐘《かね》や太鼓や、笛の音色も賑《にぎ》やかに、

スットコ　スットコ
スットコ　スットコ
ドドドドドーン
ドドドドドーン
ヒユウ　ヒユク　ヒユウ
ヒユウ　ヒユク　ヒユウ
オーラ　オーラ　オーラ
の威勢のよい掛け声と共に、

ドンドン　ドドドン
ドンドン　ドドドン

今でも目を閉じると、池普請《いけぶしん》に係《かかわ》った関係者、村人総出の目《め》出度《でた》い祝いの宴《うたげ》が、喜びの中で催《もよお》されている光景を見ることができます。

水面に、懐かしい父の美しい歌声が響き渡って、一山越え、二山も越えて、天高く、宙の彼方《かなた》までも活力の元《もと》を振り撒《ま》く光景は、過去でもあり、私にとっては、今、現実のこととしてあります。時間も、空間も、私は超えて、顕幽両界《けんゆうりょうかい》を、自由に羽ばたいているのでしょう。

池普請《いけぶしん》は、池を作るという一つの目的に向かって、それに携《たずさ》わる人達のエネルギーが、公益という、共同体を利するがための愛そのものであったことに今頃気付きました。

今、地球上では、予断を許さない、想像を絶するような、地球にとっての危機を感じ取れる現象が、次々と起きています。

地球規模の変容だけでなく、大宇宙の変革を感じます。太陽も月も、そして星々すべてが、地球を含めて、新しい歴史の大きな一歩を踏み出し始めています。

〈月下美人〉は、夕方の六時頃より咲き始め、夜の十二時には必ず咲き終えるのです。私は、この家に来て、その開花時間の正確さに驚かされました。

それが、なんと昨年の夏（二〇〇六年七月）に、異変が起こりました。開花は夕方六時頃からでしたが、十二時になっても萎《しぼ》まないのです。私は、気高《けだか》く美しい芳香《ほうこう》を放つ月下美人と、ずっと夜半の三時まで起きて、お花と直接お話をしました。開花時間が三時間、正確には、午前三時迄に変わったことをお尋ねしました。

「地球が光化しているので、開花も三時間延長されました」とのことでした。

これからの地球は、人間も美しい心にならないと、従《つ》いて行けないことを、その時教えて下さいました。

庭にやって来る小鳥達も変わりました。柿や、みかんや、ネーブルを啄《つい》ばむだけでなく、すっぱい柚子《ゆず》まで、今年は食しているのです。ネーブルは、一カ所だけきれいに穴を開け、中の果実を空洞《くうどう》にしておりました。ロウソクを立てればかわいい提燈《ちょうちん》になるように、きれいに食べておりました。

それだけでなく、二月の終わり頃のことです。プランターのえんどうが、新芽をどんどん伸ばし始めておりましたが、朝見ると、一〇センチくらいの所から折れて、上の方だけないのです。

これも小鳥の仕業《しわざ》と判りました。人間だけでなく、小鳥にとっても、大変な時を迎えていることを痛感しました。

ねこに狙《ねら》われないようにと、さっそく、みかんの木に餌台《えさ》を括《くく》り付け、朝夕餌《えさ》を与えることに致しました。いつまで続けられるか、鳥ウィルスのニュースが、入ってき始めています。

遠い昔、否、つい一昔《ひと》前まで存在した、他人への思いやりを、ほんの少し皆んなが心掛ければ、すべてが暖《ぬ》くもりあるやさしい環境に変われるのです。

地球と同じように私の身体《からだ》は痛んでいて、もう使用の限界です。心ない人間によって、汚されてきた地球の痛みと同じ箇所《か》が、私も修復不能《しゅうふくふのう》になるまで破損《はそん》しているのでしょう。

地球に住む私達一人ひとりが段地子《だんぢこ》になって、暖《ぬ》くもりある愛の六尺棒を、公心として、良き方へと、上も下も踏み固め、喜びに輝く地球を構築して行きたいと願います。

地上での毎日を、地球にとって共存できる良い子になれるよう、各人が誠《まこと》の心を持って、新しい地球の礎《いしずえ》を構築して行けたらと切望したいです。

地球に住む私達人間は、どこか遠くに忘れてきた本当の愛を、その力《ちから》を取り戻さねばなりません。

愛、それは、美しく清らかに、喜びに満ち溢《あふ》れる感謝の中に芽《め》生《ば》えるものです。

人生行路は、決して、他人を傷つけたり、自分のことのみの利己心だけでは歩めません。時として、他を利する、自己犠牲《ぎせい》の必要なこともあります。

池普請《いけぶしん》には、北風吹き荒《すさ》ぶ極寒《ごっかん》の冬もあったことでしょうし、真夏の太陽のもとでのつらい時もあったことと思います。段地子《だんぢこ》達《たち》は黙々と、笑顔で明るく、現存する池と共に、その存在感を、その足蹟《そくせき》を、今も残し続けています。

懐《なつ》かしい古里の、池面を見ることはもはや叶《かな》いませんが、望郷の思い弥《いや》増す中で、

嵐中いかにあろうと人倫の
つとめを果たす残れる魂

最後を迎えて、何とか私の思いを、こうして書き記《しる》すことができました。

二〇〇八年 如月
ちよ女　記

〈おとぼけちよさん　どこ行くの〉

悪夢から眼覚めて見れば
医師《せんせい》だ　何か
御用《ごよう》がございますかな

ちよ女

春立てば
宙《ソラ》へましますす　虹の橋
吹きえる花の　古里への道

ちよ女

尊しや　帆下《ほさ》げの宮の　鎮座《ちんざ》ます
足高山《あしたかやま》は　今日も輝く

二〇〇八年　三月三十日　五時三分宙《ソラ》へ
二〇〇八年　五月二十日　足高山に眠る
賢明院貞道智光大姉
（昭和五十二年　拝受）

〈著者紹介〉

ちよ女（ちよじょ）

1910年（明治43年）生まれ。

岡山県苫田《とまた》郡高田村（現津山市）出身。

農林業を営む旧家《きゅうか》の一女として生まれる。

20歳の時、酒類・塩・乾物などを扱う倉敷市の商家に嫁《か》す。

４人の子どもを育てながら、67歳で夫が亡くなってからも、一人でのれんを守り抜く。

趣味の川柳《せんりゅう》・短歌は、一昔前《ひとむかし》、山陽俳壇《さんようはいだん》で多数の作品入選実績がある。

(2008年 3月 30日 宙《そら》へ)

〈著 書〉

それ行けちよさん93歳!!

　　『粗大ゴミからの脱出』（2005年 12月）

それ行けちよさん94歳!!

　　『私が小《ち》っちゃいだけなのよ』（2006年 ２月）

それ行けちよさん95歳!!
　　『そこ行く婆《ばあ》や、待ったしゃれ』（2007年 ２月）
　　以上たま出版

それ行け　ちよさん　96歳!!
おとぼけちよさんどこ行くの

2009年 7 月28日　初版第 1 刷発行
2009年 8 月 7 日　初版第 2 刷発行

著　者／ちよ女
発行者／韮澤 潤一郎
発行所／株式会社たま出版
〒160-0004 東京都新宿区四谷4－28－20
☎ 03-5369-3051（代表）
http://tamabook.com
振替　00130-5-94804
印刷所　株式会社エーヴィスシステムズ

ISBN978-4-8127-0284-0　C0011